장담 신무협 장편소설

ORIENTAL FANTASY STORY & ADVENTURE

강호제일해결사

江湖第一解決士

9

산서혈전(山西血戰)

dream
books
드림북스

강호제일 해결사 9 산서혈전(山西血戰)

초판 1쇄 인쇄 2015년 5월 22일
초판 1쇄 발행 2015년 5월 29일

지은이 장담
발행인 오영배
기획 박성인
책임편집 정성호

펴낸곳 (주)삼양출판사 · 드림북스
주소 서울시 강북구 도봉로 173
대표 전화 02-980-2112 **팩스** 02-983-0660
블로그 blog.naver.com/dreambookss
출판등록 1999년 3월 11일 제9-00046호

ISBN 979-11-313-0322-1 (04810) / 979-11-313-0015-2 (세트)

장담 신무협 장편소설

강호제일해결사

江湖第一解決士

ORIENTAL FANTASY STORY & ADVENTURE

9

산서혈전(山西血戰)

★ dream
books
드림북스

차례

第一章 정 많은 도둑과 속 좁은 형 **007**

第二章 귀혼(鬼魂)과의 만남 **033**

第三章 부슬비 내리는 날 밤 **061**

第四章 어둠 속에서 혈풍이 회오리치는데 **085**

第五章 봄바람이 불던 날, 불청객이 찾아오고 **117**

第六章 위기의 순간 **147**

第七章 북천(北天)의 혼(魂) **179**

第八章 역용을 지우는 법 **211**

第九章 돈 벌기 좋은 때 **245**

第十章 복수(復讐)의 세월을 살아온 사람들 **275**

강호제일해결사

江湖第一劍俠士

第一章

정 많은 도둑과
속 좁은 형

냅다 욕을 퍼부은 사운평이 칼을 미친 듯이 휘둘렀다.

어둠 속에서 광풍폭우가 휘몰아쳤다.

"크읍!"

패왕위 두 조장 중 도를 든 자가 억눌린 신음을 토하며 뒤로 밀려났다. 패왕위 중에서도 둘이 뒤로 튕겨 나가서 나뒹굴었다.

일순간에 와해된 공세.

그러나 사운평 역시 온전하지 않았다.

어깨와 등에 검기가 스치면서 싸한 통증이 일었다.

"오랜만에 칼침을 맞으니까 기분이 새롭군."

사운평은 냉랭히 말하며, 검을 든 패왕위 조장을 향해 쇄도했다.

바로 그때.

"네놈은 오늘 이곳에서 죽는다!"

허공에서 노성과 함께 흑의장포를 걸친 복면인이 날아들었다.

패왕위 이대 대주인 공양수였다.

그가 나타나자, 패왕위 중 동방환을 상대하는 자들 외에 모두가 사운평을 포위하고 공격했다.

그들 중에는 공양수가 사운평의 강함을 입이 닳도록 설명해도 믿지 않았던 자들이 반은 되었다.

이제는 그들도 확실하게 깨달았다.

— 저자를 이곳에서 죽이지 못하면 자신들이 죽는다!

"죽여라!"

믿지 않았던 자들 중 하나, 패왕위 이대 일조장 안추기가 악을 쓰듯 소리쳤다.

패왕위들이 밤까마귀 떼처럼 사운평을 향해 몸을 날렸다.

사운평은 이가 부서지도록 악다물고 마기를 개방함과 동시에 상천보리선공을 끌어올렸다.

"개새끼들, 누가 죽는가 보자! 동방 형! 어서 가쇼!"

동방환은 천화신공을 펼쳐서 패왕위 셋을 쓰러뜨렸다.

명불허전. 천화의 무공은 강호가 치를 떨 정도로 강했다.

그러나 죽음을 두려워하지 않는 패왕위의 공격은 한시도 방심할 틈을 주지 않았다.

방심은커녕 전력을 다하는 데도 생사를 장담할 수 없는 상황.

점점 수세에 몰리던 그는 사운평이 소리치자 이를 악물고 신형을 날렸다.

그 시각.

밝은 달빛이 쏟아지는 풀 덮인 언덕 위에 두 노인이 서 있었다.

밤에도 확연히 드러나는 은빛 장삼을 입은 노인과 묵광이 흐르는 흑색 비단 장삼을 입은 노인.

그들은 송림에서 벌어지는 싸움이 무대 위의 경극이라도 되는 듯 느긋이 구경하며 감탄한 투로 말했다.

"믿을 수가 없군. 정말 대단한 놈이야."

"그러게 말이네. 패왕위 이대 전체가 나섰는데도 일각이나 버티다니."

하지만 달빛에 비친 그들의 얼굴에는 감탄은커녕 조소만 떠올라 있었다.

말투도 시시때때로 바뀌었고.

"곧 뒈질 놈이 아주 발악을 하는군."

"멍청한 놈들. 일각이나 지났는데 아직도 죽이지 못하다니."

"공가 저 머저리는 믿을 수가 없다니까."

"운양이는 왜 저런 놈을 곁에 두는지 모르겠어."

"그래도 충심 하나는 괜찮잖아."

"하긴 똑똑한 놈보다는 멍청해도 말 잘 듣는 놈이 낫지."

오락가락하는 말투로 떠들던 두 노인의 눈빛이 어느 순간 가라앉았다.

"응? 고양, 저건 뭐지?"

은빛 장삼 노인이 눈을 가늘게 뜨고 묻자, '고양'이라 불린 흑색 비단 장삼 노인이 고개를 갸웃거렸다.

"글쎄? 왠지 으스스한데?"

그때 처절한 비명이 송림을 뒤흔들었다.

"으아악!"

"이 악마 같은 놈!"

언덕 위의 두 노인은 서로를 돌아다보았다.

"가 볼까?"

"그러세."

두 줄기 바람이 송림을 향해 날아갔다.

"흐흐흐, 죽고 싶다면 모두 죽여주마."

사운평은 음침한 웃음을 흘리며 손을 털었다.

철벅.

그의 손에 들렸던 뭔가가 땅에 떨어지며 사방으로 시커먼 핏물이 튀었다.

심장이었다. 사운평이 상대의 심장을 통째로 뜯어낸 것이다.

그런데 기이하게도 처음에는 탱탱했는데 바닥에 떨어질 때쯤에는 쪼글쪼글했다.

"이노오오옴!"

분노한 공양수가 노성을 내지르며 달려들었다.

다른 패왕위들도 엄습하는 공포를 떨치고 동시에 합공했다.

심장을 손으로 뜯어내다니.

악마 같은 놈을 죽이리라!

사운평은 사방에서 패왕위가 달려드는데도 피로 물든 두 손을 태연히 들었다.

"지옥에 가서 염왕이 묻거든 말해라, 아수라가 보내서 왔노라고."

그는 비천무영류를 펼치며 활짝 편 두 손을 흔들었다.

패왕위들은 사운평이 사라지고, 그 대신 커다란 검은 손이 눈앞에 나타나자 아연한 표정을 지었다.

단순한 손이 아니었다.

커다란 손을 마주한 순간 숨을 쉴 수도 없었다.

검도, 도도 소용이 없었다.

커다란 손은 그 무엇으로도 파훼되지 않았고, 그들의 숨통을 조였다.

콰과광! 퍼벅!

"크윽!"

공양수가 이 장이나 튕겨져서 서너 바퀴 나뒹굴었다.

패왕위 두어 명이 가슴이 으깨진 채 뒤로 날아갔다. 날아가는 그들의 가슴에서 피가 솟구쳤다.

사운평은 거기서 멈추지 않고, 앞으로 나아가며 오른손으로 패왕위의 검을 잡아채고는 왼손을 뻗어 목을 덥석 움켜쥐었다.

바로 그 순간!

"그 목을 놓아라!"

"뒈져라, 이놈!"

흑백의 두 노인이 허공에서 떨어지며 사운평을 공격했다.

흑색 비단 장삼 노인은 도를 내리쳤고, 은빛 장삼 노인은 갈고리처럼 손가락을 구부린 두 손을 내밀었다.

도와 손에서 무쇠조차 단숨에 부술 것 같은 패도적인 기운이 쏟아졌다.

패왕위와는 비교할 수 없는 가공할 위력의 공격.

사운평은 하얗게 웃으며, 목을 쥔 패왕위를 그들에게 내던졌다.

"헛! 이 악독한 놈이……!"

흑색 비단 장삼 노인, 흑령마도(黑靈魔刀) 부고양은 급히 공격을 거두고 도를 들지 않은 좌수로 패왕위를 잡았다.

그 바람에 은빛장삼 노인, 은강귀조(銀鋼鬼爪) 이태만 사운평을 공격하는 상황이 되었다.

사운평은 날아가는 패왕위의 뒤를 따라가며 쌍수를 휘둘렀다.

이태는 사운평의 공격을 대하고서야 왜 패왕위가 힘도 제대로 못 써보고 무너졌는지 이해할 수 있었다.

가공할 마기에 마도 최강 고수라는 팔마에 속한 자신조차 숨이 턱 막히거늘, 패왕위가 어찌 견딜 수 있었겠는가.

그는 전력을 다해서 패력신조공으로 마주쳐갔다.

쾅!

어둠을 뒤흔드는 굉음과 함께 이태가 주르륵 뒤로 물러섰다.

"이런 개 같은 놈이……!"

막 욕설을 퍼부으려던 그는 황급히 방어 자세를 취했다.

사운평이 하얀 이가 드러나도록 사악한 웃음을 지으며 다가오고 있었다.

"얼굴도 못생겼으면서 반짝이는 은빛 옷을 입고 다니는 늙은이에 대해서 들은 적이 있어. 은강귀조 이태라고 하던가?"

그의 시선이 패왕위를 받아 들고 땅에 내려선 부고양에게로 향했다.

"그럼 저 시커먼 늙은이가 이태의 단짝이라는 흑령마도 부고양이 겠군. 죽었다고 소문나 늙은이들이 살아서 나타나다니, 지옥으로 다시 보내주면 염왕이 아주 좋아하겠는데?"

그때였다.

"건방진 놈! 네놈부터 지옥으로 보내주마!"

부고양이 잔뜩 화난 표정으로 사운평의 우측을 공격했다.

사운평이 몸을 반쯤 틀면서 우수로는 부고양을, 좌수로는 이태를 가리키며 흔들었다.

찰나에 여덟 개로 늘어난 커다란 손그림자가 허공을 가득 메웠다.

"여기도 있다!"

이태도 소리치며 쇄도했다.

솔직히 손그림자를 마주한 순간 심장이 조이는 듯했다.

생경한 공포.

그는 그 공포를 떨치기 위해서 전력을 다했다.

일순간, 두 노인과 사운평이 뒤엉키며 가공할 기세가 회오리쳤다.

땅이 뒤집히고, 바위와 나무가 먼지처럼 부서졌다.

그 모든 것이 회오리에 휘말려서 하늘로 솟구쳤다.

쾅아아아아! 쿠구궁! 우르릉, 쾅쾅!

어둠 속에 형성된 거대한 먼지기둥 속에서 천둥이 치고, 벼락이 떨어졌다.

겨우 몸을 추스르고 공격 기회를 노리던 공양수는 눈을 부릅떴다.

어둠과 먼지로 인해 정확히 볼 수는 없지만, 감각만으로도 소름이 끼쳤다.

'흑령과 은강 어른을 혼자 상대하는 자가 있다니······.'

'놈'이라는 욕도 안 나왔다. 어찌나 놀랐는지 경외감마저 들 지경이다.

더 놀라운 일은, 믿었던 부고양과 이태가 유리하지 않다는 점이었다.

콰과과광!

어느 순간 굉음이 연속적으로 터져 나왔다.

회오리치던 먼지기둥이 쩍쩍 갈라지는가 싶더니, 갈라진 먼지기둥에서 시커먼 손그림자 몇 개가 불쑥 튀어나왔다.

공양수는 자신도 모르게 주춤, 한 걸음 물러섰다. 물러선 그의 몸이 부르르 떨렸다.

공포의 손그림자가 부고양과 이태를 짓누른다.

"크억!"

이태가 먼저 비명을 내지르며 뒤로 튕겨지고, 뒤이어 부고양이 삼 장이나 나뒹군다.

그런데 이태의 한쪽 어깨가 마치 두부를 뭉텅 베어 먹은 듯 푹 꺼져 있다.

부고양의 오른손 역시 이상한 각도로 꺾어져 있고.

'맙소사!'

"뭐하느냐! 놈도 중상을 입었다! 쳐라!"

겨우 상체를 일으킨 부고양이 피를 토하듯 악을 썼다.

번쩍 정신이 든 공양수는 이를 악물고 신형을 날렸다.

"놈을 쳐라!"

공포에 질린 눈으로 바라보고 있던 패왕위들이 다시 사운평을 향해 접근했다.

사운평도 팔마 중 둘을 물리친 대가로 적지 않은 상처를 입었다.

쩍쩍 갈라진 상처에서 흘러나온 피로 온몸이 시뻘겋게 물든 상태.

그는 공양수가 날아오는 걸 응시하면서 부고양의 칼을 쥐고 있는 왼손을 앞으로 뿌렸다.

후우우웅!

공력이 실린 도가 수레바퀴처럼 회전하며 날아갔다.

"헉!"

대경한 공양수는 맞받아칠 엄두도 내지 못하고 황급히 몸을 틀어서 피했다.

접근하던 패왕위들도 화들짝 놀라서 뒤로 물러섰다.

"죽고 싶은 놈만 따라와."

사운평은 오만한 표정으로 한마디 던지고 허공으로 솟구쳤다.

*   *   *

송림을 빠져나온 동방환은 이를 악물고 달렸다.

치욕이었다.

사운평만 남겨 놓고 혼자서 도망치다니.

'빌어먹을! 제기랄!'

사운평과의 만남 이후 각고의 노력을 했는데도 이 모양이라는 게 더 화가 났다.

쉬지 않고 달려서 칠성장에 도착한 그는 객당에 있는 천해문 사람들을 만났다.

그 직후, 북야진과 북야설, 조연홍, 예리상, 위지강은 즉시 칠성장을 나섰다.

동방환과 천해문 사람들이 송림에 도착했을 때는 경천동지의 대결 흔적과 시신만 남아 있었다.

시신이 워낙 많다 보니 가져가지도 못한 듯했다.

"정말 엄청난 싸움이 벌어졌군."

북야진이 굳은 표정으로 말했다.

하지만 동방환은 격전의 현장에 남아 있는 흔적을 이해할 수 없었다.

'내가 떠난 후에 무슨 일이 벌어진 거지?'

적의 강함을 그가 왜 모를까.

하지만 이런 흔적을 남긴 정도는 아니었다.

"대형이 또 발작을 일으킨 것 같군요."

조연홍이 시신 중 유독 처참한 시신 서너 구를 살펴보더니 무거운 표정으로 말했다.

동방환이 의아해하는 표정으로 물었다.

"발작이라니?"

"가끔 미친놈처럼 발작하곤 하죠. 그때는 진짜 무서운데, 곁에 가면 절대 안 됩니다. 눈이 돌아버려서 적아도 구분 못하거든요."

"그게 사실인가?"

"그렇다니까요? 제가 전에 본 적이 있는데, 완전히 미쳐서 사람 심장을 뽑아먹겠다고……."

그때 송림 저편에서 투덜거리는 소리가 들렸다.

"연홍, 진짜 미친놈이 발작하면 어떤 일이 벌어지는지 알려 줄까?"

사운평의 목소리.

움찔한 조연홍이 몸을 돌리면서 재빨리 말을 덧붙였다.

"물론 우리까지 몰라볼 정도는 아닙니다. 대형이 얼마나 정신력이 강한데요."

그러고는 초조한 표정으로 송림 안쪽을 바라보았다.

하지만 금방 나타날 것 같던 사운평은 한참이 지나도 숲에서 나오지 않았다.

조연홍은 이상함을 느끼고 송림 안으로 들어갔다.

"대형?"

"헛소리 그만하고 이쪽으로 와."

조연홍은 커다란 바위 틈 사이에서 가부좌를 틀고 있는 사운평을 보고 눈이 휘둥그레졌다.

"맙소사……."

사운평은 조연홍을 째려보았다.

"뭘 놀라? 몇 군데 안 찢어졌어."

"형수가 보면 기절하겠네. 어디 좀 봐요."

조연홍은 허둥지둥 사운평의 상처를 살펴보았다.

평소의 뚱할 때와 달리 걱정 가득한 그의 표정을 본 사운평은 쓴웃음을 지었다.

'자식, 도둑놈이 정은 많단 말이야.'

그런데 조연홍이 한 말이 떠오르자 걱정이 태산처럼 쌓였다.

'에휴, 연연이가 보면 잔소리 깨나 하겠는데…….'

그 와중에도 조연홍은 금창약을 뿌리고 자신의 옷자락을 찢어서 상처를 싸맸다.

"제대로 한칼 맞았네. 아니, 어떤 놈들인데 대형을 이렇게 만든 거요?"

"그런 놈들이 있어. 나중에 설명해 줄게."

"어? 여기는 조금만 더 깊숙이 찔렸으면 뼈까지 나갈 뻔했네. 조심 좀 하시지, 왜 또 방정 떨면서 혼자 잘난 척……."

"연홍."

"왜요?"

"아프니까, 살 그만 벌리고 묶기나 해."

"예? 아. 예……."

손가락으로 살을 쩍 벌리고 안쪽을 구경하던 조연홍이 움찔하고는 치료하는 일에 전념했다.

그사이 다른 사람들도 모두 그곳에 도착했다.

그들은 온몸이 피로 범벅된 사운평을 보고 입술이 달라붙었다.

마치 피구덩이에 들어갔다 나온 듯했다.

그 상태로 조연홍과 농담을 주고받는 사운평이 사람 같지 않게 보였다.

그때 사운평이 이를 드러내고 하얗게 웃으며 말했다.

"크크크, 연홍, 놈들은 오늘 일을 두고두고 후회하게 될 거다."

"그건 또 갑자기 무슨 말입니까?"

"그놈들 덕분에…… 오늘 고질병을 고쳤거든."

그 말에 동방환이 의아한 표정으로 물었다.

"병을 고쳤다고? 혹시…… 조금 전에 조 소협이 말했던……?"

"훗, 조 소협? 소협은 개뿔이나…… 윽! 연홍, 너……."

"가만히 좀 있어요. 자꾸 움직이니까 상처에 옷자락이 들어가잖아요."

사운평은 조연홍을 째려보았다.

하지만 조연홍은 눈을 마주치지 않고 자신의 일에만 열중했다.

'쳇, 동생이 소협이라고 불리면 좀 어때? 하여간 속이 좁기는…….'

'아무래도 고의로 옷자락을 밀어 넣은 것 같은데…….'

그래도 오늘은 용서해 주기로 했다.

좋은 일인지 나쁜 일인지 아직 알 순 없지만, 고질병을 고쳤으니까.

'상천보리선공이 마기만 제어하는 게 아니라 본능까지 제어할 줄 누가 알았겠어?'

이제 마기를 끌어올렸을 때는 누구를 죽여도 손이 떨릴 일은 없으리라!

그뿐이 아니다.

놀랍게도, 상천보리선공을 끌어올리고 마라팔비천수를 펼칠 때마다 공력이 늘어났다.

녹령동에서는 그저 그런가 보다 했었다. 하지만 이제는 확실하게 느끼고 있었다.

정확한 이유를 알진 못했다.

몸속에 잠재된 선천적인 잠력이 마기에 반응해서 깨어나는 것처럼 느껴지기도 했고, 자신도 모르는 기운을 빨아들이는 것 같기도 했다.

문제는 공력이 늘어나는 게 결코 좋은 일만은 아니라는 것이다.

잠재된 마기가 모두 깨어난 후에는 어떻게 될까? 다 타 버린 숯불처럼 재만 남는 것 아닐까?

만약 정체 모를 기운을 흡수하는 거라면? 아니 좀 더 솔직히 말해서, 자신이 남의 기운을 빨아들이는 거라면?

흡정! 흡기!

그거야말로 두려운 일이다.

사실이라면 무림공적으로 몰리고도 남을 일 아닌가.

'지미, 강해진 건 좋은데, 잘못하면 큰일 나겠네.'

                    *   *   *

몸이 걸레쪽이 된 사운평은 연풍으로 향하고, 동방환은 귀혼문과의 연합 제의를 부친에게 알리기 위해서 칠성장으로 돌아갔다.

칠성장에 도착한 동방환은 부친을 만나기 전 동방수를 먼저 찾아 갔다.

"큰형님께서 어쩐 일이십니까?"

동방수는 무뚝뚝한 표정으로 그를 맞이했다.

"그동안 형제끼리 이야기가 너무 뜸했던 것 같아서 왔다."

"소제가 자주 찾아뵈어야 했는데, 죄송합니다."

"죄송할 것 없다. 자주 보러오지 못한 나도 잘못이 크니까."

"앉으시지요."

동방환이 자리에 앉자 동방수가 차를 따라 주었다.

차를 한 모금 마신 동방환이 본론을 꺼냈다.

"아버님께 들었다. 백로 속에서 까마귀를 찾는다고?"

"예, 형님."

"아무래도 내가 알고 있는 사실이 네 일과 관계된 것 같아서 몇 가 지 알려주려고 왔다."

멈칫한 동방수가 동방환을 바라보았다.

"말씀하시지요."

"너는 동방인 숙부를 얼마나 믿느냐?"

갑작스러운 질문에 동방수의 표정이 굳어졌다.

"저는 아버님을 제외한 누구도 믿지 않습니다. 죄송합니다, 형님."

형인 당신도 믿지 않는다는 뜻.

동방환은 입안이 씁쓸했지만, 천화궁의 현실을 생각하면 당연한 일이었다.

"다행이구나. 그렇다면 이제부터 내가 하는 이야기를 잘 듣고 판단을 내리도록 해라."

동방환은 이각 정도 이야기를 나누고 동방수의 방을 나섰다.
그가 방을 나간 이후 동방수는 한동안 움직이지 않았다.
그렇게 얼마나 지났을까, 동방수는 식은 찻잔을 들어서 단숨에 비웠다.
천천히 찻잔을 내려놓은 그의 입가에서 차디찬 조소가 떠올랐다.
'일이 급박하게 흐르는군. 그렇다면 할 수 없지. 앞을 막는 것부터 치우는 수밖에.'

                    *   *   *

운양은 자신의 귀로 듣고도 믿을 수가 없었다.
패왕위 넷을 오초 만에 꺾었다는 말을 들었을 때만 해도 그저 '예상했던 것보다 강한 놈' 정도라 생각했다.
그런데 흑령마도과 은강귀조, 두 호법이 나서고도 잡기는커녕 부상을 당했다지 않는가.
"한 치도 거짓이 없는 사실이란 말이지?"
"그렇습니다, 주군. 솔직히 속하 역시 직접 대하고도 믿기가 힘듭니다."
대답하는 공양수의 목소리가 가늘게 떨렸다.
운양은 공양수의 말이 거짓이 아니라는 걸 모르지 않았다. 사실 그래서 더 어이가 없었다.

　두 호법을 혼자서 상대할 수 있는 고수는 하늘 아래 열도 안 된다.

　그렇다면 그 사운평이라는 새파란 놈이 천하십대고수에 속할 정도의 절대고수란 말 아닌가.

　말도 안 돼!

　그따위 제멋대로인 놈이 천하십대고수라니!

　더 짜증이 나는 것은, 그놈 때문에 지원 받은 두 호법이 무용지물이 되었다는 것이다.

　이를 지그시 악다문 그의 눈초리가 파르르 요동쳤다.

　'일이 이상하게 꼬였군. 계획 전체를 수정해야 하나?'

　손발이 되어줘야 할 패왕위마저 희생자가 너무 많이 발생했다.

　남은 인원으로는 계획을 진행시키는 일조차 쉽지 않을 듯했다.

　빌어먹을!

　심사숙고하며 세운 계획이거늘, 단 한 놈 때문에 틀어야 하다니.

　그나마 다행이라면 놈도 중상을 입고 도주했다는 것이다.

　'그럴 듯한 방법을 찾아내야 해.'

　운양의 눈에서 새파란 살기가 번뜩였다.

*　　　*　　　*

고한사는 사운평의 몸을 살펴보고 혀를 찼다.

　"쯔쯔쯔, 아주 걸레가 됐군."

　"이 정도 가지고 뭘 그러쇼. 전에는 더한 상처도 많이 났었는데."

"네놈의 몸에 난 흉터만 봐도 알 만하다. 얼마나 몸을 막 굴렸으면 이렇게 누더기가 되었누? 살아난 게 용하네."

"다 살기 위해서 난 상처요. 이 상처들이 나를 강하게 만들어 주지 않았다면 아마 난 진즉 죽었을 거요."

나직이 말하는 사운평의 입가에 쓴웃음이 맺혔다.

고한사는 사운평을 힐끗 쳐다보고는 고개를 흔들었다.

'새파란 놈이 고생깨나 했군.'

사운평에 대한 얄미움을 조금 덜어낸 고한사가 툭 말을 던졌다.

"이쪽으로 누워봐, 이놈아. 이대로 놔두면 몸에 지렁이 기어간 자국이 남으니까 제대로 치료해야 돼."

사운평이 치료를 받고 자신의 방으로 돌아가자, 이연연이 도끼눈을 치켜뜨고 조잘조잘 잔소리를 해 댔다.

"혼자 싸웠다면서요?"

"어."

"왜 이렇게 될 때까지 싸웠어요? 적당히 싸우다가 물러설 것이지."

"남자가 칼을 뺐으면……."

"물론 남자에게는 자존심이 무척 중요하다는 걸 저도 잘 알아요. 칼을 뺐으면 무라도 잘라야죠. 근데 그 자존심이 저보다 더 중요해요?"

"그럴 리가 있겠어?"

"난 오빠 몸의 흉터를 보면 눈물이 난단 말이에요."

"앞으로는 조심할게."

잔소리는 이각 정도 계속되다 끝이 났다.

겨우 이연연의 마음을 가라앉힌 사운평은 방문 쪽을 노려보았다.

"연홍."

"……."

"연 · 홍!"

"대형, 저 불렀어요?"

멀리서 대답이 들리는 듯했다.

하지만 사운평은 속지 않았다.

조연홍은 모르겠지만, 자신도 한때 몸을 돌리고 손으로 양옆을 가린 채 대답해서 사부를 속이려 한 적 있었다.

바로 뒤에 있는 줄도 모르고 그렇게 했다가 뒈지게 두들겨 맞긴 했지만.

"앞에 있는 줄 아니까, 안으로 들어와."

곧 방문이 열리고 조연홍이 붉어한 표정으로 눈치를 보면서 들어왔다.

"왜요?"

"네가 동방 형과의 연락을 맡아줘야겠다."

"제가요? 다른 사람 시키면 안 돼요?"

"누굴 시켜? 너보다 강호를 잘 아는 사람이 누가 있다고."

"저도 바쁜데…….""

"소소와 노느라고?"

"에이, 놀긴 누가 논다고 그래요?"

"노는 거 아니면 해."

"꼭 제가 해야 돼요?"

"그래. 아무리 생각해 봐도 그쪽으로는 너보다 나은 사람이 없어."

칭찬은 고래도 춤추게 만든다고 했던가?

그 말에 조연홍의 마음이 흔들렸다.

"뭐 저밖에 할 사람이 없다면 할 수 없지만……."

사운평은 떡밥도 던져 주었다.

"열심히 하면 소소와 잘 되도록 적극적으로 도와주마."

"정말……요?"

"내가 언제 거짓말한 적 있어?"

있었다. 소소와 며칠 놀게 해 준다고 하고선 이튿날 부려먹었지 않은가.

그래도 이번에는 믿기로 했다.

안하면 무슨 보복을 당할지 모르니까.

대신 사운평이 공손무곡에게 했던 방식으로 약속을 받았다.

"일구이언이면……."

"이부지자지."

사운평은 망설임 없이 대답했다.

어차피 누가 아버지인줄도 모르는데 뭐.

조연홍은 그런 사운평을 철석같이 믿고 고개를 끄덕였다.

"알겠습니다. 그럼 제가 하죠 뭐."

"리상도 데려가. 혼자 가는 것보다는 나을 거야."

조연홍의 얼굴이 조금 밝아졌다.

혼자보다는 둘이 가는 게 나았다. 상대가 예리상이라면 말할 것도 없고.

자신이 동생처럼 막 대할 수 있는 사람은 예리상밖에 없으니까.

"예, 대형. 그렇게 할 게요."

"오늘은 푹 쉬고 내일 아침에 출발해."

*   *   *

갈원은 좌우로 몸을 틀며 근육 상태를 점검했다.

깊었던 상처가 대부분 나은 듯했다.

"너무 심하게 움직이진 마세요."

예리상이 문을 열고 들어오며 말했다. 그의 손에는 모락모락 김이 나는 찻주전자가 들려 있었다.

"이제 많이 좋아졌다."

갈원이 웃으며 의자에 앉았다. 웃어도 섬뜩함이 느껴지는 얼굴인데, 이제는 칼자국마저 더해진 상태였다.

하지만 예리상은 그 얼굴이 오히려 더 친근하게 느껴졌다.

아버지도 갈원 못지않게 섬뜩함이 느껴지는 인상이었다.

날카로운 눈매에 유난히 창백한 얼굴, 말투도 싸늘했고 성격도 칼날이 부러지듯 강단이 있었다. 그 때문에 나쁜 일이 있으면 제일 먼저 의심의 대상이 되곤 했었다.

"내일 연홍 형과 칠성장에 갑니다."

"그래?"

"동방환과의 연락 임무를 맡았어요."

"조심해라. 감정도 자제하고."

칠성문주 남학에 대한 원한 때문에 엉뚱한 일이 생길까 봐 걱정돼서 하는 말이었다.

"예, 갈 아저씨."

예리상이 쓴웃음을 지으며 대답했다.

그런데 그 말에 갈원이 머뭇거리며 말했다.

"저기, 상아야."

"예."

"너 저번에 나를 뭐라고 불렀지?"

예리상은 바로 대답하지 못했다. 뭘 물어보는지 그가 왜 모를까.

"그게……."

"싫으냐?"

"……."

"나는 혼인을 하지 않았다. 보다시피 이 얼굴 때문이기도 하고, 제갈가를 나온 이후 강호를 돌아다니다 보니 여자에 마음을 줄 여유도 없었지. 그래서 자식도 없다."

담담히 말하던 갈원은 목소리가 잘게 떨리자 차를 한 모금 마셔서 마음을 가라앉혔다.

그러고는 예리상을 직시했다.

"천해장에 있을 때 이문과 초혜가 얼마나 부러웠는지 모른다. 나도 자식이 하나 있으면 얼마나 좋을까, 그런 생각을 매일했지. 그래서 말인데…… 너, 내 아들해라."

예리상의 눈매가 파르르 떨렸다.

"내가 비록 잘난 사람도 아니고 얼굴도 이 모양이지만, 못난 아비가 되지는 않으마."

파르르 떨리던 예리상의 눈에 물기가 고였다.

"저도 잘난 놈은 아닙니다. 어쩌면 골치만 썩일지도 모릅니다. 그
래도 받아주신다면…… 아버지라고 부르겠습니다."

갈원의 얼굴에 웃음이 번졌다.

가늘게 떨리는 눈꺼풀 속에서 언뜻 물기가 보였다.

"고맙다…… 아들아."

"아버지……."

"허허허, 이렇게 좋은 날 주책없이 이게 무슨 꼴이람."

갈원이 헛웃음을 지으며 소매로 눈가의 물기를 찍어냈다.

예리상도 멋쩍음을 떨치기 위해 갈원의 빈 찻잔에 차를 따랐다.

그때 갈원이 멈칫하더니 환한 표정으로 말했다.

"맞아, 내 아들에게 선물을 하나 줘야지."

"선물요?"

갈원이 품속에서 손바닥만 한 작은 보따리를 꺼냈다.

"받아라."

예리상은 의아해하면서 보따리를 풀었다.

보따리 안에는 가죽으로 된 작은 책자가 들어 있었다.

"삼초 검결이 적혀 있는 무공비급이다. 삼비충의 시신 사이에서
주운 거지."

"예?"

"아마 문주가 그 책의 주인을 알면 배 아파 죽으려고 할걸?"

넌지시 말하는 갈원의 입가에 웃음이 떠올랐다.

"주인이 누군데요?"

"뇌정일검(雷霆一劍) 사도전."

예리상의 날카롭게 뻗은 눈매가 한껏 커졌다.

쾌검을 익힌 그가 어찌 뇌정일검을 모르랴.

"그럼 이게 뇌정삼검이란 말입니까?"

"당시 천하제일쾌검이라 불렸던 그가 왜 그곳에서 죽었는지는 모르겠다만, 그 삼초 비급이 그가 자랑하던 뇌정삼검인 것은 분명해. 그것만 잘 익히면 칠성문주 남학 정도는 일검에 죽일 수 있을 거다."

第二章

귀혼(鬼魂)과의 만남

　천화궁은 칠성문 북쪽 오십 리 지점에 있는 안청의 백암곡에 무사 삼백으로 이루어진 일차 방어망을 형성했다.

　신궁과 백군맹에선 시시때때로 무사들을 보내서 안청 인근의 천화궁 무사들을 공격했다.

　비록 이삼십 명 소규모로 이루어진 공격대였지만, 하루에도 서너 번씩 공격당하니 천화궁으로선 여간 귀찮은 게 아니었다.

　그런데 이월이 얼마 남지 않은 어느 날.

　신궁과 백군맹의 주력이 모여 있는 청산보의 정문이 활짝 열리고 수백 명에 이르는 무사들이 쏟아져 나왔다.

　그들은 입을 꾹 다문 채 찬바람을 등에 지고 남쪽으로 내려갔다.

　아직 찬바람이 가시지 않은 이월의 마지막 날, 마침내 산서혈전의 본격적인 서막이 올라가기 시작한 것이다.

　산서의 삭풍이 남으로 향하던 그날 오후, 조연홍이 동방환의 전언
을 가지고 돌아왔다.
　"대형, 천화궁주가 귀혼문의 연합제의를 받아들이기로 했답니
다."
　사운평은 그 말을 듣고 머리를 맹렬히 굴렸다.
　'귀혼문만 제때에 도착하면 제대로 한판 붙을 수 있겠군.'

　바람은 북쪽에서만 부는 것이 아니었다. 남쪽에서도 바람이 북상
하기 시작했다.
　사운평이 걸레쪽처럼 된 몸으로 돌아온 지 사흘째 되던 날, 소청
이 직접 연풍으로 찾아왔다.
　뭐가 그렇게 못마땅한지 뚱한 표정으로 찾아온 그는 차로 입술을
축이자마자 다짜고짜 말했다.
　"천의산장이 황하를 건넜다."
　그 말에 사운평의 입술 끝이 위로 말려 올라갔다.
　드디어 시작인가?
　"무림맹은 어떻수?"
　"그들도 곧 건너올 것 같아."
　"한바탕 불꽃놀이가 벌어지겠군."
　"일이 점점 커지고 있어. 해서 말인데, 금액을 조정해야겠다."
　"약속을 어기겠다는 거요?"

"누가 어긴다고 했나? 상황에 맞춰서 조정하자는 거지. 우리가 원래 맡기로 했던 것은 천화궁과 신궁 사이의 정보였어. 그런데 천의산장에 무림맹까지 신경 쓰고 있잖아."

사실이 그랬다.

사운평이야 순순히 인정하지 않았지만.

"천하의 오령문 문주께서 일이 그 정도 커지리라는 것쯤은 생각하고 계셨을 것 아뇨?"

"생각을 전혀 못한 것은 아니지. 그래도 너무 커졌어."

"그래서 얼마를 더 바라는 거요?"

"금자 오백 냥."

"나중에 오해할까 봐 미리 말씀드리는데, 어제 개방에서 연락이 왔습니다. 아마 내일쯤이면 개방 쪽 간부가 올 거요."

소청이 움찔하며 이마를 좁혔다.

'이 자식이 지금 협박을 하겠다는 거야, 뭐야?'

그때 사운평이 이 사이의 고기조각을 손톱으로 빼내며 결론을 말했다.

"이백 냥 더 드릴 테니, 하려면 하고, 말려면 마쇼."

소청은 사운평을 송곳 같은 눈빛으로 노려보았다.

그러나 물처럼 고요한 사운평의 눈빛은 찔러봐야 흔적도 남지 않을 듯했다.

'끄응, 새파랗게 젊은 놈이 정말 지독하게 짜군.'

겁주려고 개방을 들먹인 게 아니라는 것쯤은 그도 안다.

낙양에서 개방과 거래를 맺었다는 말을 들었다.

개방이라면 금자 이백 냥이 아니라 백 냥이라 해도 감지덕지할 가능성이 크다.

그래도 마지막이라는 심정으로 한 번 버텨봤다.

"삼백 냥 주면 나도 더 고집부리지 않으마."

사운평이 그를 빤히 바라보더니, 마지못한 표정을 지으며 고개를 끄덕였다.

"좋습니다. 뭐, 한 배에 탄 처진데, 그 정도는 저도 양보하죠."

소청의 표정이 마치 어린아이가 과자 하나를 얻은 것처럼 환하게 밝아졌다.

그 모습을 옆에서 바라보고 있던 언송초는 한숨이 나오려는 걸 겨우 참았다.

'후우, 삼백 냥에 좋아하긴. 원래 오백 냥까지 생각하고 있었는데……'

그랬다. 어제 개방에서 연락이 왔을 때만 해도, 오백 냥을 더 주고 오령문을 제대로 부려먹는 게 이익이라고 했었다.

막 부려먹기에는 개방이 너무 크니까.

그래서 마침 소청이 찾아오자 그 금액으로 협상할 줄 알았는데, 결국 삼백 냥으로 낙찰이 된 것이다.

"그럼 먼저 알아봐주실 게 있수."

사운평은 협상이 끝나자마자 소청을 부려먹었다.

"뭘?"

"신궁과 백군맹의 움직임을 상세히 전해 주쇼."

"그거라면 지금 당장이라도 말해 줄 것이 있다."

"예?"

"아무래도 봄이 되기 전에 움직일 생각인 것 같아. 신궁에서 평상시 밖으로 나오는 일이 거의 없던 무룡대가 청산보에 도착했거든."

*　　　*　　　*

사운평은 고한사의 눈이 휘둥그레질 정도로 빠르게 회복되었다.

마기의 영향이 컸지만, 신의라는 고한사도 거기까지는 알지 못했다.

그사이 산서의 상황은 더욱 빨리 전쟁의 구렁텅이로 깊게 빠져들었다.

"대형!"

닷새째 되던 날, 조연홍이 두 번째 소식을 가지고 돌아왔다.

이연연과 오붓하니 차를 마시며 섬섬옥수 고운 손을 만지작거리고 있던 사운평은 문이 세차게 열리자 후다닥 손을 놓았다.

"뭔데 그렇게 방정이야?"

"안청에서 큰 싸움이 벌어졌답니다."

안청이라면 천화궁의 일차 방어망이 있는 곳이다.

소청의 말대로 봄이 되기 전에 공격을 시작하려는 건가?

"천화궁 피해는?"

"백수십 명이 죽어서, 살아남은 자들이 칠성장 근처로 후퇴했다고 합니다."

안청의 방어망을 형성하고 있던 무사는 천화궁의 직전제자들이 아니다.

그동안 외부에서 키운 무사와 백군맹에 반기를 들었던 자들의 연합체일 뿐.

그래도 어쨌든 백수십 명이 죽었다면 천화궁으로서도 적지 않은 피해를 입었다고 봐야 했다.

"근데 왜 너만 계속 와? 그런 소식 정도는 리상을 보내도 되잖아."

"검은 리상이 빠르지만, 걸음은 제가 빠르지 않습니까. 리상은 칠성장에서 대기하라고 했습니다."

그게 아니라 소소 때문에 온 거겠지.

하지만 사운평은 타박하지 않았다.

아직 부려먹을 일이 많으니까.

방을 나선 사운평은 왕호문을 찾아갔다.

조연홍에게 들었던 상황을 말해 준 그가 물었다.

"귀혼문 사람들은 언제쯤 올 것 같소?"

"이삼일 안으로 오지 않을까 싶군."

"이삼일이라…… 늦지 않게 도착했으면 좋겠군."

"많이 늦지는 않을 거네."

왕호문은 대답하고 입술을 꾹 다물었다.

그동안 멀게만 느껴졌던 상황이 현실로 코앞에 닥치자 신경이 팽팽하게 긴장했다.

그런 왕호문을 바라보던 사운평이 짧게 한마디 했다.

"정말 이번 기회에 제대로 된 길을 가고 싶다면, 모든 것을 바칠 각오를 해야 할 거요."

왕호문은 흠칫하며 고개를 들었다.

그러나 그때는 이미 사운평이 몸을 돌려서 방문을 향해 걷고 있었다.

왕호문은 뭔가 가슴속에 쌓인 말이 있었지만, 사운평이 방을 나설 때까지 뱉어내지 못했다.

'저 친구, 우리가 미처 모르는 뭔가가 있어.'

*   *   *

비릿한 강바람이 제법 세차게 불던 날.

상선 다섯 척을 타고 황하를 건넌 천의산장과 검천성 무사들은 제안의 진가장에 둥지를 틀었다.

수만 평 대지에 열일곱 채의 큰 건물이 들어선 진가장은 무사 오백을 품고서도 비좁지 않은 대장원이었다.

한때는 그 위세가 수백 리에 뻗쳤던 호족이었건만, 이십여 년 전 전대 주인인 진왕보가 죽은 후 몰락해서 이제는 대장원을 유지하는 것조차 힘들 지경이었다.

그러던 차에 천의산장이 거금을 내고 일 년간 빌리겠다고 하자 진가장주는 쌍수를 들고 환영했다.

일 년이 아니라 몇 년이라도 머물길 바라면서.

공손무곡으로서도 수백 무사가 기거할 수 있는 대장원을 손쉽게 빌렸으니 만족했다.

그로부터 엿새째 되던 날, 진가장에 안청의 결전 소식이 전해졌
다.

"신궁과 백군맹이 천화궁을 몰아붙여서 백암곡을 차지하고 천화
궁의 방어망을 칠성장 이십 리 인근까지 밀어냈다 합니다, 주군!"

심악의 보고에 공손무곡이 냉소를 지었다.

"지금은 비록 밀리고 있지만 쉽게 당하지는 않을 거다. 그럴 놈들
이었다면 그동안 걱정할 것도 없었어."

"그리고…… 운평이란 자에 대한 소식도 들어왔습니다."

순간 공손무곡의 눈빛이 도깨비불처럼 번뜩였다.

"그래?"

"칠성장 인근 송림에서 큰 싸움이 벌어진 흔적이 있었는데, 아무
래도 그 싸움에 놈이 끼어든 것 같습니다."

"결과는?"

"그날 이후 행방이 묘연해졌다는 걸로 봐서 심한 부상을 입고 어
디론가 숨은 듯 보입니다."

공손무곡의 입가에 미소가 떠올랐다.

누군가의 부상이 이렇게 기분 좋게 들린 것도 처음이었다.

"후후후, 여우 같은 놈이 세상 무서운 줄 모르고 날뛰더니 된통 당
했나 보군."

"지금 칠성장 일대를 주시하고 있으니 나타나면 바로 연락이 올
것입니다."

"알았다. 앞으로 상황을 주시하면서 놈에 대한 소식이 들리면 바

로 보고해라."

"예, 주군."

"금 원주."

공손무곡이 고개를 돌리며 부르자, 생각에 골몰해 있던 금우경이 고개를 들었다.

"예, 대공."

"무림맹에선 언제쯤 황하를 건너올 것 같소?"

"내일이면 건너와서 집작 인근에 머물 것 같소이다."

"은명곡은?"

"중주산에 머물면서 상황을 본 후 움직일 생각인 것 같습니다."

"흥! 선우명이 잔머리를 굴리는군."

"어부지리를 노리겠다는 것이겠지요."

"일단 천화궁을 압박하기 위해서 진성으로 거점을 옮길 서요. 금 원주가 그 일을 책임져주시오."

"알겠소이다."

그때 전각의 문이 열리고 한 사람이 들어섰다.

왼쪽 다리를 약간 절룩이는 청년, 공손건이었다.

"아버님, 운평이란 자에 대한 소식이 들어왔다 들었습니다. 사실 인지요?"

공손무곡은 눈살을 찌푸렸다.

함께 가겠다고 고집을 부려서 어쩔 수 없이 데려오긴 했지만 영 마뜩치 않았다.

과거의 그 총명하던 아들은 어디로 갔단 말인가.

"그래, 놈에 대한 소식이 들어왔다. 그런데 놈이 부상을 당해서 어디론가 숨었다는구나."

"놈이 숨어 있는 장소는 찾아내지 못했습니까?"

"아직 찾지 못했다."

"놈은 분명히 이연연과 함께 있을 겁니다. 소자가 직접 놈을 찾아보겠습니다."

"몸도 성치 않은데 어딜 가겠다는 거냐?"

"이제는 다 나았습니다. 염려 마십시오, 아버님."

"허락할 수 없다. 놈은 이 아비가 알아서 처리할 것이니 너는 몸부터 돌보도록 해라."

"아버님!"

"어허! 네가 정녕 이 아비의 말을 듣지 않겠다는 거냐?"

공손무곡이 눈을 치켜뜨고 소리치자 공손건도 더 고집을 부리지 못했다.

입을 다물고 고개를 숙인 그는 속으로 이를 갈았다.

그는 이제 얼마 전의, 칠원성군에 비해 나을 것 없던 그때의 공손건이 아니다.

'아버님은 모르십니다.'

지난 한 달, 자신에게 무슨 일이 있었는지.

'저는 그 한 달 동안 지옥에 다녀왔습니다.'

그리고 지옥의 힘을 얻는 대가로 혼을 내놓았다.

운평과 이연연을 죽이기 위해서!

이제 자신의 몸은 공손건이지만, 혼은 공손건이 아닌 것이다.

'그놈과 이연연은 반드시 제가 직접 죽일 것입니다. 그 일만큼은 누구도 제 앞을 막을 수 없습니다. 설령 아버님이라 해도!'

                    *   *   *

매화나무에 꽃망울이 맺히기 시작할 무렵, 동방환이 요광전을 방문했다.

백교하는 방으로 들어서는 동방환을 담담한 표정으로 맞이했다.

"어서 오세요, 대공자."

"하매는 세월이 갈수록 아름다워지는군. 저 마당에 맺히기 시작한 매화도 하매가 앞에 서면 부끄러워할 거다."

"대공자의 말솜씨만 하겠어요? 어떤 여인이라도 대공자의 말솜씨에 넘어가지 않을 수 없을 거예요."

"하매의 마음도 움직이지 못하는 말솜씨를 어디에 쓴단 말이냐?"

동방환이 쓴웃음을 지으며 말하고는 의자에 앉았다.

진방방이 다가가서 차를 따라 주었다.

백교하는 그쯤에서 말을 돌렸다.

"안청을 지키던 사람들이 많이 죽었다면서요?"

"그래. 저들의 공격이 늦추어지니 잠시 방심한 모양이야."

"지금은 어떤가요? 듣자 하니 이십 리 근처까지 밀렸다고 하던데요."

"밀린 것은 분명한 사실이지. 그러나 거기에는 나름대로의 내막이 있다."

"무작정 힘에서 밀린 것은 아니라는 말씀이군요."

"사실이니까. 이제 곧 그 정도는 만회할 것이고."

"사 공자와 관련되어 있나요?"

그 말을 할 때의 백교하와 이전의 백교하는 많은 차이가 있었다.

눈빛이 반짝였고, 목소리도 달랐다.

거기다 들뜬 표정까지.

동방환은 그녀의 모습에서 그 차이를 느끼고 쓴웃음을 지었다.

"전혀 없다고는 할 수 없지. 그러나 전적으로 관련된 일도 아니야."

"자체적인 계획이 있단 말이군요."

"맞아."

"제대로 이행되고 있나요?"

"지금까지는."

"그런데 왜 저를 찾아오신 거죠?"

"그냥…… 보고 싶어서."

"맙소사. 믿을 수가 없군요. 여자라면 무관심을 넘어서 혐오감마저 느끼시는 대공자께서 저에게 관심을 갖다니요."

"나도 남자거든."

"그보다…… 사 공자 때문 아닌가요?"

동방환의 입가로 묘한 미소가 떠올랐다.

"그런 면도 전혀 없진 않지."

"옆에 있으면 귀찮은데 남에게 주긴 더 싫은 거겠죠."

"뭐 그것도 어느 정도는 사실이고."

"저는 대공자의 그런 솔직함을 좋아했었죠."

"고맙군. 아마 내가 혼인하고 싶은 여자가 생긴다면 하매가 유일할 거야."

"영광이네요."

"그래서 말인데…… 한 가지 부탁할 게 있어."

가라앉은 목소리.

왠지 모를 불길함이 느껴지는 그 목소리에 백교하는 자신도 모르게 입안이 바짝 말랐다.

"말씀하세요."

*   *   *

창문을 통해 햇살이 스며들던 오후.

반쯤 남은 찻잔을 만지작거리던 위지강이 고개를 들었다.

"나를 어떻게 생각하시오."

질문을 던진 그는 초조한 마음을 누르고 북야설의 대답을 기다렸다.

북야설은 흔들림 없이 찻잔을 입에 댔다. 천천히 차를 한 모금 마신 그녀가 한기 풀풀 날리는 목소리로 말했다.

"난 당신이 생각하는 것처럼 부드러운 여자가 아니야."

"상관없소. 남들은 어떻게 생각할지 몰라도, 나만은 당신이 겉보기보다 훨씬 더 부드럽다는 걸 아니까."

"정말 나를 좋아할 자신 있어?"

"이미 좋아하고 있소."

북야설은 위지강을 빤히 바라보았다. 그토록 차갑던 그녀의 눈빛이 미미하게 흔들렸다.

"나에겐 할 일이 있어."

"얼마든지 기다릴 수 있소. 아니, 나도 당신을 도와주겠소."

도와주는 게 즐겁기라도 한 듯 그 말을 하는 위지강의 표정이 밝아졌다.

북야설은 그 모습을 보고 쓴웃음을 지으며 고개를 저었다.

"당신은 정말 멍청이야."

"당신 앞에선 어떤 멍청이가 돼도 상관없소."

위지강이 말하며 슬며시 손을 뻗었다.

북야설은 위지강이 자신의 손을 잡는 데도 가만 놔두었다.

"생각보다 손이 따뜻하구려."

"그럼 내가 진짜 얼음덩이 줄 알았어? 그런데 왜 손을 떨어?"

"하, 하. 그게 심장이 너무 세게 뛰어서……."

북야진은 방 앞에서 발길을 돌렸다.

그는 동생이 위지강의 마음을 받아들인 것을 이해할 수 없었다.

'이상하군. 조연홍이야 그렇다 치고, 사운평이나 위지강이나 임풍은 나보다 잘 생기지도 못했는데 여자들이 왜 좋아하지?'

속으로 구시렁거린 그는 뒷마당으로 갔다.

뒷마당에서는 궁탁이 부상당한 몸을 회복하기 위해서 수련에 열중이었다.

북야진이 싸늘한 표정으로 한쪽에 서 있자, 궁탁이 펼치던 초식을 마저 마무리 짓고 물었다.

"날 찾아왔나?"

"궁 형, 하나 물어봅시다."

"별일이군. 자네가 나에게 물어볼 것이 있다니. 뭔가?"

"문주나 위지강, 임풍이 나보다 잘 생겼소?"

"얼굴이야 자네가 훨씬 잘생겼지."

"그렇죠? 그런데 여자들은 왜 나보다 못생긴 그 친구들을 좋아하는 거요?"

궁탁이 북야진을 빤히 바라보며 인상을 썼다.

"자네 지금, 나를 놀리려고 왔나?"

"예?"

"그 친구들이 못 생겼으면, 나는?"

"아, 그게 아니라⋯⋯."

"자네 기준으로 하면 나는 평생 여자와 말도 못해 보겠군."

"⋯⋯."

"뭐 좋아, 어쨌든 물어봤으니 대답해 주지. 사실 나도 여자를 잘 모르는 사람이네만, 하나는 아네."

"그게 뭐요?"

"적어도 그 친구들은 자네보다 가슴이 뜨거워."

"가슴이 뜨겁다고요?"

"어디서 들은 이야기인데, 여자들은 얼굴 잘 생긴 남자도 좋아하지만 가슴이 뜨거운 남자들을 더 좋아한다고 하더군."

"그럼 어떻게 해야 가슴이 뜨거워지는 거요?"

"그걸 내가 어떻게 알아? 스스로 연구해 봐. 정 모르겠으면 불꼬챙이로 가슴을 지져보던가."

"예?"

"농담이야. 정말로 가슴을 지지고 날 원망하진 마."

궁탁은 휘휘 손을 젓고 돌아섰다.

'봄이 다가오니까 별 걸 다 묻는군.'

그러고 보니 자신도 좋아하는 여자가 있으면 좋겠다는 생각이 들었다.

그 생각을 하자 문득 한 여인의 얼굴이 떠올랐다.

얼마 전에 찾아왔던 여인, 백교하의 유모라 했던가? 이름이 진방방이라 했지?

멈칫한 궁탁이 피식, 실소를 지었다.

'훗, 그 친구, 괜한 바람을 집어넣어서⋯⋯.'

마침 그 표정을 본 북야진이 넌지시 말했다.

"궁 형이 웃는 거 오랜만에 보는군요. 혹시 여자 생각한 거 아니오?"

궁탁이 확 째려보았다. 그러잖아도 험악한 인상의 그가 째려보자 북야진은 재빨리 그곳을 떴다.

'여자 마음 아는 게 사람 죽이는 것보다 더 어렵군.'

*　　　*　　　*

이월의 마지막 추위가 한바탕 기승을 부리고 누그러진 삼월 초.

몸이 어느 정도 나아진 임풍이 초혜와 함께 낙양으로 돌아갔다.

그날 오후. 사운평은 뒷산 대나무숲 속 공터에서 무영천살도와 천추오검 등 몸에 익은 백여 식의 도초를 순서 없이 마음 가는 대로 펼쳤다.

오랜만에 몸을 급격히 움직이자, 베어졌다 붙은 근육이 저릿저릿했다.

고통 속에서 이상한 쾌감이 느껴질 정도.

그런데 일각이 지나자 저릿한 고통이 점점 약해졌고, 이각을 넘어가자 고통 대신 열기가 느껴졌다.

자신도 모르는 사이 흥이 돋은 사운평은 쉬지 않고 초식을 펼쳤다.

한 시진, 어느새 석양이 지기 시작했지만 멈추시 않았다.

황금빛 석양이 반사된 도신이 하늘 가득 황금 그물을 펼쳤다.

나중에는 자신이 초식을 펼치는 것인지, 바람을 따라서 춤을 추는 것인지 의식조차 없었다.

아마 절대 경지에 들어선 고수가 봤다면, 눈앞에서 하늘과 땅이 제멋대로 변하는 것을 보고 입을 떡 벌린 채 눈이 휘둥그레졌을 것이다.

사운평이 춤을 멈춘 것은 어둠의 장막이 세상을 뒤덮기 시작할 무렵이었다.

그는 고요히 서서 별이 하나둘 낮잠에서 깨어나는 하늘을 바라보며 한동안 움직이지 않았다.

'내가 초식을 제어하는 게 아니라 초식 자체가 마치 생명을 지닌 것 같았어.'

"오빠, 거기서 뭐하세요?"

대나무숲 입구에서 이연연의 목소리가 들렸다.

그제야 정신을 차린 사운평은 몸을 돌렸다.

어깨를 으쓱한 그가 너스레를 떨었다.

"하, 하, 하, 놀고만 있을 순 없잖아. 일을 하려면 몸 상태를 점검해 봐야지."

"들어가요. 안 그래도 왕 공자께서 오빠를 찾아요."

"그래?"

사운평은 왕호문이 찾는 이유를 짐작하고 싸늘한 눈빛을 번뜩였다.

'늦지 않게 도착했군.'

아니나 다를까 왕호문을 찾아가자 그가 말했다.

"본문의 무사들이 도착했네."

"모두 몇 명이 왔소?"

"이백 명 정도 되네."

적지 않은 인원. 작정을 하고 나온 모양이다.

"그동안 바깥일을 신경 쓰지 않던 어르신들이 많이 나오셨지."

고수가 많다는 뜻. 고무적인 일이었다.

그만큼 천해문에도 이득이 될 것이고.

어차피 협상은 천해문 차지니까.

"형님께서 자네를 만나 보고 싶어 하시네."

귀혼문 문주 왕호광. 그가 직접 나섰나보다.

"안 그래도 상의할 일이 있는데 잘 됐군요."

*   *   *

왕호광과 귀혼문 무사들은 연풍에서 십 리 정도 떨어진 계곡에 임시 거점을 마련했다.

계곡에는 커다란 동굴이 있었는데 입구가 넓고 바닥이 평평해서 다수의 인원이 하루 이틀 지내기에는 큰 불편이 없었다.

사운평이 동굴로 들어갔을 때 왕호광 좌우에는 아홉 사람이 서 있었다.

그중 대여섯은 나이가 오십 대였다.

삼십 대 초반에 불과한 왕호광이 문주가 되자 이런저런 핑계를 대고 귀혼문의 일에 나서지 않았던 장로와 간부들.

사운평이 느낀 그들의 기운은 능히 절정의 경지가 완숙함에 이르러 있었다.

'호오, 왕호문이 자신할 만한데?'

왕호광은 사운평과 처음 마주한 순간 기이한 느낌이 들었다.

뭐랄까, 허허롭다고 할까?

겉으로 보기에는 가벼워보이는데, 막상 눈이 마주치면 아무것도 느낄 수가 없었다.

'묘한 친구군.'

사운평이 먼저 포권을 취하며 인사를 건넸다.

"천해문의 사운평입니다. 남들은 천해공자라 부르죠. 하, 하, 하."

사실 자신 혼자만 그렇게 부른다.

왕호광이야 알 리 없지만.

"귀혼문의 왕호광이네. 아우들에게 말은 많이 들었지."

물론 좋은 평가는 아니었다.

이제는 그 평가를 모두 머릿속에서 지워야겠지만.

"본문의 장로와 간부들이네. 여기 이분은……."

왕호광은 좌우로 늘어선 아홉 사람을 소개했다.

귀혼문의 주축인 이단 삼당의 간부와 장로 넷. 장로 중에는 왕호광의 숙부가 되는 사람도 둘이나 있었다.

그들은 왕호광이 이름을 호명할 때마다 말없이 포권을 취하며 탐색하듯 사운평을 훑어보았다.

그렇게 소개가 끝나자 사운평이 바로 본론을 꺼냈다.

"문주, 천화궁과 연합하기 위한 첫 번째 조건은 무엇보다 과거사를 정리하는 것입니다. 무슨 뜻인지 문주께서도 잘 아실 겁니다."

"알고 있네."

"그 점만 확실히 할 뜻이 있으시다면 즉시 저쪽에 귀혼문의 뜻을 전달하고 확언을 받겠습니다."

그때 조용히 앉아 있던 자들 중 오십 대 중반으로 보이는 마른 몸매의 초로인이 칼칼한 목소리로 말했다.

"무조건 우리만 사과하는 것은 지나치지 않느냐?"

왕호광의 숙부 중 하나인 왕추조. 나이 쉰다섯인 그는 십여 년 전

왕호광이 귀혼문을 물려받자 제일 먼저 산속으로 들어간 자였다.

사운평의 시선이 그에게로 향했다.

"사과할 때는 꼬치꼬치 이유를 달지 않는 게 제일 좋지요. 상세한 부분에 대해서 따지는 것은 관계를 개선한 후에 해도 되는 일이니까요."

"그들과 관계가 극단으로 틀어진 것은 낙양에서의 일이 컸다. 그 일은 그들이 먼저 잘못했지."

"과거를 하나하나 따지기 시작하면 협상이 원점으로 돌아갑니다."

왕추조의 콧등이 씰룩였다. 무조건적인 사과가 여전히 마음에 들지 않는 듯했다.

그가 입을 닫자, 얼굴이 거무스름한 중년인이 나섰다.

"천화궁이 우리를 업신여긴다면 협상이 무슨 소용인가? 그에 대해서 그대가 책임질 수 있는가?"

그는 사운평이 가장 관심을 가졌던 자였다.

이름은 왕추당. 나이는 마흔아홉. 왕호광의 숙부인데, 나이가 더 많은 왕추조도 은연중 그에게 한 수 양보하는 듯 느껴졌다.

"업신여김을 당하면서까지 그들과 손을 잡을 필요는 없죠. 그들이 업신여기면 제가 먼저 탁자를 뒤엎어버리겠습니다."

생각지 못한 사운평의 대답에 모두가 말문이 닫혔다.

왕추당도 별 놈 다 본다는 듯 눈을 좁히고 사운평을 노려보았다.

그때 사운평이 말했다.

"여러 말 않겠습니다. 이것 하나만 알아두십쇼. 손을 잡지 않으면…… 천화궁도, 귀혼문도 봄날의 꽃향기 대신 동료들의 피 냄새만

맡게 될 거요."

왕추당의 거무스름한 이마에 주름이 깊게 파였다.

"우리를 너무 무시하는군. 천화와 손을 잡지 않아도, 찾아보면 저들을 이길 수 있는 방법이야 얼마든지 있네. 꼭 천화와 손을 잡아야만 이길 수 있는 건 아니지."

사운평의 입가에 옅은 실소가 떠올랐다.

"지금 뭘 착각하시는 것 같은데…… 손을 잡아야만 이길 수 있는 확률이 조금 높아진다는 뜻입니다. 반드시 이긴다는 게 아니고 말입니다."

왕추당의 이마 주름이 뱀처럼 꿈틀거렸다.

잘 벼린 칼날 같은 눈매에서 번뜩이는 차가운 눈빛.

하지만 그 정도 눈빛으로는 사운평을 겁줄 수 없었다.

"놈들과 붙어보면 무슨 말인지 알 수 있을 거요."

*　　　*　　　*

이튿날 오후.

사운평이 도착했을 때 칠성장의 분위기는 살얼음 위에 서 있는 듯 차갑게 가라앉아 있었다.

오전에 벌어진 싸움에서 제법 큰 피해를 입었기 때문이었다.

위사들도 대공자를 만나겠다고 찾아온 사운평의 신분을 전보다 훨씬 세세히 조사했다.

"대공자는 무슨 일로 찾아왔소?"

"계약을 했거든."

"계약?"

"자세한 것은 비밀이오. 대공자께 천해공자가 찾아왔다고 하면 아실 거요."

사운평은 은근히 짜증이 났다.

조연홍이나 예리상이 있으면 이런 귀찮은 일도 없었을 텐데…….

'이 자식들은 대체 어디에 간 거야?'

오늘 자신이 칠성장에 간다고 했다.

입구에서 하루 종일 대기할 수는 없다 해도 조사를 받으면서 곧바로 나타나야 할 것 아닌가 말이다.

"날씨가 따뜻하니까 놀러간 것 아냐?"

사운평이 짜증 난 투로 중얼거리는데 뒤쪽에서 낭랑한 목소리가 들렸다.

"천해공자라고 했나?"

사운평은 고개를 돌려서 뒤를 돌아보았다. 이십 대 초반의 청년이 다가오고 있었다.

"삼공자를 뵙습니다."

위사들이 포권을 취하고 고개를 숙이며 절도 있게 예를 올렸다.

'삼공자? 동방수?'

청년, 동방수가 사운평을 바라보며 묘한 미소를 지었다.

"나는 동방수라 하네. 큰형님을 찾아왔다고?"

"그렇소만."

"잠깐 이야기 좀 했으면 싶은데. 괜찮겠나?"

하지 않겠다고 하면 심통이라도 부릴 것 같은 표정.

사운평은 동방수가 마음에 안 들었지만 대놓고 거부하지도 못했다.

"이야기 나누는 정도야 못할 것도 없죠."

봄기운이 느껴질 정도로 햇살이 따뜻했다.

바람만 강하지 않다면 담에 기대고 앉아서 졸고 싶은 날씨.

동방수는 햇살이 쏟아지는 옥형전 앞마당에서 멈춰 섰다.

사운평이 그와 서너 걸음 거리를 두고 서서 말했다.

"무슨 이야기인지 몰라도 하고 싶은 말 있으면 해 보쇼."

동방수가 돌아섰다.

"형님과 무슨 이야기를 하러 왔는지 말해 줄 수 있나?"

"비밀인데……." ·

"청부업자로 알고 있는데, 내가 잘못 안 것은 아닌지 모르겠군."

"제대로 아셨소."

"역시 그렇군. 형님과 무슨 이야기를 나누려고 왔는지 말해 준다면 금자 백 냥을 주지."

"호오! 금자 백 냥이라. 엄청난 금액이군요."

"만족한다니 다행이군. 사실 말 몇 마디에 금자 백 냥이면 엄청난 금액이지."

"그런데 말이오. 삼공자도 말했다시피 난 청부업자요. 나름대로 천하제일해결사라 자부하고 있지요."

"천하제일이라…… 대단한 자부심이군."

"그래서 말인데, 청부업자에게는 지켜야할 도리가 하나 있소."

"지켜야할 도리? 그게 뭔가?"

"바로…… 한 번 한 약속은 반드시 지켜야 한다는 것이지요."

"흠, 맞아. 약속은 지켜야지."

"신뢰가 무너진 청부업자를 누가 쓰겠소?"

"자네 말이 옳네. 그러나 아무리 신뢰 운운해도 결국 청부업을 하는 목적은 돈을 벌기 위함이 아닌가?"

"자존심이 있는 청부업자는 돈보다도 신뢰가 먼저지요."

"좋네, 좋아. 그렇다고 해두지. 그럼 얼마면 그 신뢰를 대신할 수 있겠나? 오백 냥? 천 냥?"

무뚝뚝하게 대답하던 사운평이 씩 웃었다.

"백만 냥이라면 생각해 보죠."

동방수가 싸늘하게 식은 눈으로 사운평을 바라보았다. 그의 입술이 미미하게 비틀렸다.

"통이 크군."

"그 정도는 되어야 천하제일해결사 소리를 들을 수 있지 않겠소?"

"욕심이 지나치면 돈보다 더 귀한 것을 잃을 수도 있네."

피식, 실소를 지은 사운평은 몸을 돌렸다.

"이제 대공자를 만나러가야겠소. 그럼 다음에 보죠."

동방수는 사운평이 떠나가는 것을 지켜보기만 했다.

정말 들었던 만큼 강할까?

믿어지지 않았다. 별 볼 일 없어 보이는 저딴 놈이 절정고수 몇 명을 혼자 상대할 수 있을 정도로 강하다니.

그러나 놈을 아는 사람들이 이구동성으로 말했다.

칠절 팔마에게 뒤지지 않을 거라고.

"삼공자, 그냥 보낼 겁니까?"

뒤에서 나직한 목소리가 들렸다. 그를 보필하는 팔위 중 한 사람.

"놔둬."

동방수는 들릴 듯 말 듯 말하고 돌아섰다.

'아직은 동방환과 다툴 때가 아니야.'

第三章

부슬비 내리는 날 밤

동방환은 담담한 표정으로 사운평을 반겼다.

"몸은 괜찮은가?"

"보다시피."

어깨를 으쓱하며 대답한 사운평이 넌지시 물었다.

"팽팽한 상황이라고 하던데, 어떻게 돌아가고 있수?"

"임분에 있는 무사들을 몰래 움직여서 칠성장으로 달려오는 그들의 배후를 쳤지. 그 바람에 기고만장하던 신궁의 기가 꺾였네."

"흠, 그래요?"

"우스운 것은, 그 계책을 추진한 사람이 숙부라는 거네."

"동방인이?"

사운평의 반문에 동방환이 고개를 끄덕였다.

"설마 그렇다고 해서 동방인에 대한 의심을 떨친 건 아니겠죠?"

"당연히."

"본격적인 반격 전에 결정을 내려야 할 거요."

동방환이 그 말에 눈빛을 번뜩였다.

"그들이 왔나?"

"왔소."

"어느 정도의 전력인가?"

"내가 봐선 천화궁 전력의 절반 이상이오."

"그 정도였나?"

"잊지 마쇼. 그들 역시 삼비의 하나라는 걸."

"그렇군. 깜박했어."

"그들은 천화궁과 발생했던 일에 대해 사과할 마음이 있소. 토 달지 않고 받아준다면 그들도 전력을 다해 협조할 거요."

"토를 달지 마라?"

"조건 없이 사과를 하는 사람에게 토를 달면 공연한 시비만 발생할 뿐이오."

"말씀은 드려보겠네만, 아버님이 어떤 결정을 내릴 것인지는 솔직히 나도 모르네."

"현명한 결정을 내려주셨으면 좋겠군요."

동방환이 고개를 주억거렸다. 그러다 멈칫하더니 은근한 어조로 물었다.

"자네, 교하에 대해서 어떻게 생각하나?"

"무슨 뜻입니까?"

"교하는 어릴 적부터 나를 잘 따랐지. 아주 현명한 아이였어. 그런데 폐관수련을 마치고 나와 보니 어느새 여인이 되어 있더군."

"그래서요?"

"아름답지 않던가?"

"예쁘더군요."

"그렇지?"

"예. 근데 그걸 왜 묻습니까? 혹시 동방 형께서 백 소저를……?"

"그게 아니라……."

"하, 하, 하. 쑥스러워하시긴. 좋으면 좋다고 하시지."

"그게 아니라니까."

"미녀는 용기 있는 자만이 얻을 수 있다고 했죠. 용기를 내십쇼."

동방환은 몇 마디 해 보지도 못하고 백교하 이야기를 꺼낸 걸 후회했다.

"그 이야기는 그만하는 게 좋겠군."

"말하기 어려우면 제가 도와 드리죠."

"그만하세."

"제가 연연이의 마음을 어떻게 얻었는지 아십니까?"

"연연이?"

"아무도 없을 때, 확……!"

사운평이 두 손을 내밀며 음흉하게 웃었다.

"흐흐흐, 뒤에서 끌어안고……."

동방환은 자신도 모르게 숨을 멈추고 사운평의 말에 귀를 쫑긋 세웠다.

"설마……?"

"……귀에 대고 말했죠."

"무슨 말을……?"

"연연아, 터질 것처럼 뛰는 내 심장의 고동이 느껴지지? 이 심장은 너를 위해 존재한단다. 내 마음을 받아다오."

느끼한 사운평의 목소리에 동방환은 손발이 오글거렸다.

자신은 죽었다 깨어나도 그런 말을 할 수 없을 듯했다. 할 일도 없지만.

그래도 결과는 궁금했다.

"그랬더니 뭐라 하던가?"

"수줍어하면서 '저도 오빠와 같은 마음이에요.' 그러더군요. 그때부터 연연이와 전 미래를 함께하기로 했죠."

"설마 나보고 그런 말을 하라는 건 아니겠지?"

"똑같이 말하라는 게 아닙니다. 진심을 말하면 통한다는 거죠."

"아무래도 난 할 수 없을 것 같군."

백교하를 여인으로서 좋아하는 게 아니니까.

"교하는 그냥 동생 같은 아이일 뿐이야."

"진심은 아무리 깊숙이 숨겨도 결국 드러나는 법이죠."

"무슨 말인가?"

"자신의 마음을 숨기지 말란 말입니다."

"정말 동생처럼 생각하고 있네."

"에이, 얼굴에 다 드러나 있는데요 뭐."

"이제 그 이야기는 그만하고 다른 이야기나 하지. 귀혼문 사람들,

언제쯤 도착할 수 있겠나?"

"여자란 말입니다……."

사운평이 마치 전문가라도 되는 것처럼 끈질기게 백교하에 대한 이야기를 꺼내자, 동방환이 미간을 좁히며 눈에 힘을 주었다.

"그·만·하·자·니·까."

"그러죠 뭐. 근데 왜 인상을 쓰는 거요? 동방 형이 먼저 말을 꺼냈으면서."

뜨거워진 머리가 터지기 직전, 동방환은 숨을 깊게 들이쉬어서 겨우 열기를 식혔다.

"다시 묻지. 언제 도착할 수 있나?"

"내일 아침까지 도착하게 하죠."

"그럼 나머지 이야기는 내일 만나서 하세."

"저, 백 소저 말입니다……."

순간, 동방환의 머릿속에서 하얀 불꽃이 튀었다.

'이놈이 정말……!'

하지만 이어진 사운평의 말에 곧바로 눈빛을 누그러뜨렸다.

"호위를 더 철저히 세우쇼. 귀혼문 사람들이 오는 걸 알면 놈들이 움직일 거요."

"음? 으음, 알겠네. 그렇게 하지."

"사모하는 여인이 다치면 안 되잖습니까? 아직 마음도 밝히지 못했는데."

움찔한 동방환이 다시 눈을 치켜떴다.

그때 밖에서 경비무사의 목소리가 들렸다.

"대공자, 조 공자가 오셨습니다."

조연홍이 방으로 들어오더니 평소와 전혀 다르게 공손히 포권을 취하며 예의를 차렸다.

"오셨습니까, 대형."

어디 갔다 이제 나타난 거야?

사운평은 그 말을 목안으로 구겨 넣고 조연홍을 째려보았다.

'어쭈? 옷도 새 옷으로 갈아입었네?'

평범한 무복이 아니다. 돈 깨나 바른 고급 옷이다.

조연홍은 사운평의 눈길을 느끼고도 모른 척 말을 이었다.

"지금 오실 줄 알았으면 마중 나갔을 텐데, 하던 일이 워낙 바빠서 그만…… 죄송합니다."

"바빴다면 어쩔 수 없지."

바쁘긴 개뿔이나 바빠?

바쁘다는 놈이 부잣집 도련님처럼 반지르르한 옷을 입고 다녀?

사운평이 여전히 불만스러운 표정을 짓고 있는데 동방환이 말했다.

"착실하고 예의 바른 아우를 둔 사 문주가 부럽군."

뭐?

'미쳤군, 도둑에게 착실하고 예의 바르다니.'

어이가 없지만 그래도 일단 미소를 지었다.

"하, 하. 부럽긴요."

"게다가 얼굴도 정말 잘 생겨서 정말 호감이 가는 친구네."

그 말에 동방환을 힐끗거린 사운평의 눈에서 이채가 반짝였다.

'응? 뭐지? 연홍을 왜 저런 눈빛으로 바라봐?'

뭔지 모르지만 결코 동료나 수하, 동생을 바라보는 눈빛은 아닌 듯했다.

*　　*　　*

동방환의 방에서 나오자마자 사운평이 물었다.

"리상은 어디 갔어?"

"신궁 쪽 상황을 살펴보러 간다고 아침에 나갔습니다."

"그래?"

사운평은 예리상의 마음을 어렴풋이 짐작하고 더 이상 묻지 않았다.

'남학에 대해서 알아보려고 갔나 보군.'

그때 조연홍이 쭈뼛거리며 물었다.

"저기, 저는 이제 연풍으로 돌아가도 되죠?"

"가서 귀혼문 사람들을 내일 새벽에 데려와."

"새벽예요?"

"그래야 신궁 놈들이 눈치를 못 채지."

사람들의 주의력이 가장 해이해질 때가 새벽녘 동 트기 전이다.

도둑인 조연홍이 누구보다 잘 아는 사실.

"알겠습니다, 대형."

"근데…… 너 동방환하고 무슨 일 있었냐?"

"예? 무슨 일이요?"

"아무 일도 없었어?"

"별다른 일은 없고…… 자주 오가려면 복장을 단정히 하라면서 옷을 한 벌 준 것밖에 없는데요?"

"지금 입고 있는 그 옷?"

"예."

비단은 아니지만 가슴에 멋진 수가 놓인 무복이다.

소소에게 잘 보이려고 옷을 구해 입은 줄 알았다. 그런데 동방환이 줬다고?

'연홍이를 잘 봤나보네.'

하지만 그렇게만 생각하기에는 왠지 찜찜한 면이 없지 않았다.

사운평은 조연홍을 연풍으로 보내고 백교하를 찾아갔다.

백교하와 마주앉은 그는 차를 한 모금 마시고 입을 열었다.

"내일 귀혼문 사람들이 올 거요."

"후우, 드디어 본격적인 전쟁이 시작되겠군요."

"천의산장이 황하를 건너왔다는 말은 들었죠?"

"들었어요."

"그래서 말인데, 아마 천화궁 내에 있는 은천령 놈들도 움직일 거요. 놈들을 청소할 때까지 조심하쇼."

"각오하고 있어요."

"동방 형에게 호위를 보강하라고 말해두었소."

"고마워요."

"무슨 일이 있으면 즉시 아줌마, 아니 방방 누님을 통해서 연락하쇼."

'방방 누님' 이라는 말에 백교하가 미소를 지었다.

"알았어요."

"아, 그리고 이런 말하면 어떻게 생각할지 모르겠는데……."

"해 보세요."

백교하가 무슨 말을 하든 상관없다는 투로 말하자, 사운평이 얼굴을 앞으로 내밀고 나직이 말했다.

"남자들은 말입니다. 속마음을 잘 표현하지 못하는 사람이 많수."

"예?"

"속으로는 좋으면서 겉으로는 아닌 척하죠."

"그, 그런가요?"

여자가 더 그러지 않던가?

자신처럼.

"그 사람이 싫지 않으면 슬쩍 본심을 물어보쇼. 그때도 말 안하면 차버리고."

"예? 예……."

왜 저런 말을 하지?

'혹시 이 사람도 나를……?'

백교하의 얼굴이 상기되었다.

사운평은 그 모습을 제멋대로 판단하고 흐뭇해했다.

'역시 동방환과 그렇고 그런 사이인 것 같군.'

"그럼 이만 가보겠소. 내일 봅시다."

가볍게 작별 인사를 건넨 그는 기분 좋게 방을 나섰다.

하다못해 고개를 돌려서 방에 남은 백교하를 한 번 바라보기만 했어도 뭔가가 이상하다는 걸 눈치챘을 텐데…….

＊　　　＊　　　＊

예리상은 밤이 되기 전에 돌아왔다.

"찾았어?"

사운평이 넘겨짚자, 예리상의 눈꺼풀이 파르르 떨렸다.

"예, 문주."

"용케 그냥 왔군."

비아냥처럼 들릴 수 있는 말투.

그러나 예리상은 그 말을 한 상대가 사운평이기에 흘려들었다.

그런 말투를 어디 한두 번 들어봤나? 언송초나 영호명에게도 그렇게 말하는데.

그는 대신 입술을 씹으며 답했다.

"아직은 동귀어진 외에 그를 죽을 자신이 없어서 물러섰습니다."

"그래?"

전이었다면 죽을 둥 살 둥 모르고 덤벼들었을 것이다.

그런데 이제는 상대를 파악하고 물러설 줄 안다.

'많이 나아졌군.'

"몇 달만 참고 열심히 수련해. 그럼 올해가 가기 전에 그를 이길 수 있을 거다."

"예, 문주."

석 달이면 된다. 뇌정삼검을 얻었으니까.

그 말을 하면 문주가 어떤 반응을 보일까?

하지만 예리상은 말하지 않기로 했다. 갈원이, 아버지가 시달릴지 모르니까.

"신궁 쪽 상황은 어때?"

"분위기가 이상합니다."

"이상하다니?"

"신궁과 백군맹 사이에 묘한 기류가 흐르는 것처럼 느껴집니다."

"그래?"

"같은 편이긴 한데 물 위에 기름이 둥둥 떠 있는 것처럼 느껴졌습니다."

눈치가 천하제일인 사운평은 그 말만으로도 상황을 유추해냈다.

"흐음, 둘 사이에 갈등이 있는 건가?"

"다른 건 모르겠습니다만, 형제처럼 보이지 않는 것만큼은 분명합니다."

사운평의 눈빛이 깊숙하게 가라앉았다.

'좋은 일 같긴 한데…… 왠지 찜찜해.'

* * *

밤이 되자 빠르게 흐르는 구름 사이로 반달이 오락가락했다.

비가 올 듯한 날씨.

문이 다 닫혔는데도 천추전(天樞殿) 안의 등잔불이 춤을 추었다.

그래선지 탁자를 사이에 두고 앉아 있는 동방진과 동방환의 표정도 말 한 마디 한 마디 오갈 때마다 변화했다.

"그는 믿을 만한 자냐?"

불쑥 던져진 질문에 동방환이 옅은 미소를 지었다.

"최소한 실력은 믿을 만합니다."

"설마 저번의 그 이야기를 나보고 믿으라는 건 아니겠지?"

동방환은 어깨를 슬쩍 추켜올렸다.

부친은 고집이 세다. 자존심은 더 세고. 이제 이십 대 초반의 사운 펑보다 자신이 약하다는 걸 인정할 분이 아니다.

말로 설명하는 것보다 직접 보는 게 빠를지도…….

"강할 뿐 아니라 알고 있는 것도 적지 않습니다."

"청부업자라고 했지?"

"예, 아버님. 지금 장원에 있습니다. 만나보시겠습니까?"

"아니. 돈에 의해 움직이는 자는 믿음이 가지 않아. 어차피 내일 만날 건데 미리 보고 예단할 필요는 없지. 이번 일은 냉정하게 판단해야 하니까."

"지금과 같은 상황에선 어설픈 동료보다 차라리 그런 사람이 나을 수도 있습니다. 대가만 제대로 주면 자신의 할 일을 하니까요."

"하긴 네 말이 맞을지도 모르겠구나. 어차피 우리에게 필요한 건 그가 아니라 귀혼문이니까."

"소수긴 하지만, 그의 주위에도 쓸 만한 자들이 제법 많습니다. 그들 역시 본 궁에 도움이 되면 되었지 피해가 되지는 않을 겁니다."

"내일 만나보면 알겠지. 토를 달지 말라는 말은 마음에 안 들지만, 삼룡을 지옥으로 보낼 수만 있다면 청부업자가 아니라 그보다 더한 사람이라 해도 상관없다."

*　　　*　　　*

　반달이 구름 속으로 완전히 자취를 감춘 술시 무렵.
　"천의산장이 진성에 둥지를 틀었네."
　"무림맹도 황하를 건넜다 하오."
　"때가 되었어."
　나직이 말하던 동방인이 운양을 바라보았다. 그의 입에서 차가운
목소리가 흘러나왔다.
　"먼저 백교하부터 처리하게."
　백교하의 능력을 아는 그로선 행여나 그녀가 자신의 계획을 눈치
챌까 봐 불안했다.
　그런데 운양이 눈에서 한광을 번뜩이며 말했다.
　"죽이는 것보다 신궁에 넘기는 게 어떻겠소?"
　"그 계집을 신궁에 넘긴다?"
　"궁주가 백교하를 각별히 아낀다고 들었소. 동방환도 좋아하고.
신궁이 백교하를 납치한 걸 알면 전쟁이 더욱 격화될 거요."
　"흐음, 그것도 나쁘지 않은 계획이군. 자신 있는가?"
　"며칠 전부터 나름대로 준비해 놓은 게 있소."
　"그래? 그럼 그 일은 자네가 알아서 하게."

　자신의 방으로 돌아온 운양의 눈빛이 깊어졌다.

사실 그가 백교하를 납치하려는 건 동방진이나 동방환 때문이 아니다.

　'놈이 왔어.'

　흑령마도와 은강귀조조차 죽이지 못한 사운평이 칠성장에 들어왔다. 찢어 죽여도 시원치 않을 그놈이!

　자존심 때문에 동방인에게 말하진 않았지만, 그놈이야말로 어느 누구보다 위험했다.

　그런데 그놈은 백교하와 무척 가까운 사이가 아닌가.

　아마 백교하가 납치되어서 신궁에 있다는 걸 알게 되면 보고만 있진 않을 것이다.

　'당장 달려가고도 남을 놈이야.'

　그리고 대판 싸움이 붙겠지.

　누가 당하든 자신은 구경만 하면 된다. 그놈이 죽으면 더 좋고.

　내심 자신의 계획에 만족한 그가 이름 하나를 불렀다.

　"상호."

　뒤쪽에 호위무사처럼 서 있던 두 장한 중 하나가 대답했다.

　"예, 주군."

　"신궁에 연락을 취해라. 오늘 밤, 무원평에 나와서 선물을 받아가라고 해."

＊　　　＊　　　＊

　자정이 지나서 일각쯤 지났을 때부터 부슬비가 내리기 시작했다.

퐁, 퐁, 똥, 툭, 퐁, 퐁.

운공조식을 하던 사운평은 밖에서 들리는 낙숫물 소리에 자리를 털고 일어났다.

어린 시절, 처마에서 떨어지는 낙숫물 소리가 좋았다.

비 오는 날 어머니가 손님을 받고 있을 때, 가만히 벽에 등을 기대고 앉아서 낙숫물 떨어지는 걸 세고 있으면 괴롭고 힘든 시간이 빠르게 지나갔으니까.

낙숫물 소리를 좋아하는 것은 오직 그 때문이다.

낭만적이네 어쩌네 하는 말은 배부른 놈들이나 지껄이는 개소리일 뿐.

덜컹.

창문을 연 그는 땅에 떨어져서 어둠 위로 튀어 오르는 물방울을 바라보았다.

'어머니는 그날 밤 비명을 질렀어. 그 개새끼가 몽둥이로 때렸던 거야. 나는 그것도 모르고…… 저녁밥도 주지 않는다고 어머니를 원망했지.'

평소 자주 욕을 하고 때려서 싫긴 했지만, 최소한 그날만은 어머니를 위로해 주었어야 했는데.

그랬으면 돌아가신 후에 조금이라도 덜 미안했을 텐데.

'쳇, 그러게 왜 심심하면 욕을 하고 때려.'

어쩌면 그것도 단순히 손님에게 당한 화풀이였을지 모른다.

힘도 없는 어머니에겐 화풀이 상대가 자신밖에 없었을 테니까.

그러고 보면 자신이 생각보다 더 나쁜 놈이었나 보다.

어머니 마음도 이해해 주지 못하다니.

퐁, 퐁, 퐁.

낙숫물 소리가 비파 연주하듯 어둠 속에 울려 퍼졌다.

부슬비여서 소리가 거의 나지 않다 보니 빗소리보다 더 컸다.

"컥!"

외마디 억눌린 비명을 들을 수 있었던 것도 빗소리가 작았기 때문이었다.

'응?'

단순한 기침소리일 수도 있었다. 그러나 소리 난 장소가 건너편에 있는 요광전이라는 게 마음에 걸렸다.

사운평은 밖으로 나갔다.

아무도 그 소리를 못 들은 듯 고요함 속에서 낙숫물 소리만 들렸다.

그는 요광전을 바라보았다.

백교하의 거처가 있는 곳.

'아무래도 이상해.'

그는 즉시 빗속으로 몸을 날렸다.

요광전 뒷마당에 내려선 사운평은 빗속 어둠 속을 둘러보았다.

구석진 곳에 쓰러져 있는 자들이 보였다.

당장 보이는 자는 둘. 보이지 않는 곳에 쓰러진 자가 더 있을지도 모른다.

'역시 비명이었어.'

침입자가 있다. 그런데 누굴 노린 거지?

순간 사운평이 번쩍 고개를 쳐들었다.

전각 이 층 뒷마당 쪽 창문이 반쯤 열려 있고, 불 꺼진 방 안에서는 괴괴한 정적만 흘렀다.

'백교하의 방이잖아?'

사운평은 모든 생각을 뒤로 미루고 백교하의 방을 향해 솟구쳤다.

방으로 들어간 사운평의 눈이 커졌다.

침상에 있어야 할 백교하가 보이지 않았다. 대신 진방방이 어둠 속 구석에 쓰러져 있었다.

좌우를 둘러본 사운평은 탁자 위의 등잔에 삼매진화를 일으켜서 불을 붙였다.

그러고는 진방방의 손을 잡고 맥을 짚어보았다. 느리긴 해도 맥에는 큰 이상이 없었다.

"방방 누님."

그는 진방방을 흔들며 머리에 충격을 주었다.

손가락으로 이문혈을 쿡쿡 찌르자 진방방이 눈꺼풀을 떨며 겨우 눈을 떴다.

"사, 사 공자……."

"어떻게 된 겁니까?"

"아가씨를……."

"어떤 놈들인지 봤어요?"

"이상하게 머리가 어지러워서…… 정신을 차릴 수가……."

그때 사운평이 좌우를 둘러보며 강아지처럼 킁킁거렸다.

이상한 냄새가 났다.

"어? 이 냄새는……?"

"조금 전부터 나던 냄새…… 그 냄새를 맡자마자 힘이 쭉 빠지고…… 머릿속이 하얗게…….."

진방방이 이마를 찡그리고 말했다.

사운평은 그 냄새의 정체를 잘 알고 있었다.

백몽혼(白夢魂).

냄새를 맡는 순간 정신을 잃을 정도로 독한 미혼약이다. 살수들이 목표물을 납치할 때 쓰는 약물 중 하나.

머릿속에서 지난 상황이 선명하게 그려졌다.

놈들이 미약으로 정신을 잃게 만들고 백교하를 납치한 듯했다.

경비무사가 소리조차 지르지 못하고 당했다는 것은 밖에 납치범의 동료가 있었다는 뜻.

'어쩌면 안쪽에도 놈들 일행이 있었을지 모르겠군.'

그때 방 밖에서 조심스러운 목소리가 들렸다.

"아가씨, 무슨 일이라도 있습니까?"

"들어오쇼."

방 안에서 남자목소리가 들리자 방문이 곧바로 열렸다.

문밖에는 호위무사장 상도명과 이조장 한교가 서 있었다.

두 사람은 진방방이 바닥에 누워 있는 걸 보고 다급한 어조로 물으며 안으로 들어왔다.

"선자, 어떻게 된 일이오?"

"응? 자네가 언제 이 방에 들어왔지?"

의심이 가득한 눈빛과 말투. 두 사람은 여차하면 공격하겠다는 듯 슬며시 무기 위에 손을 얹었다.

짜증이 난 사운평은 척, 손을 들어서 두 사람의 입을 막고 최대한 냉랭히 말했다.

"아가씨가 납치당했수."

"뭐?"

그제야 백교하의 침상을 바라본 두 사람의 안색이 급변했다.

"내가 놈들을 쫓을 테니, 당신들은 건물 안에 있는 사람들을 조사해 보쇼. 누군가가 안에서 납치범들을 돕기 위해 미약을 사용한 것 같으니까."

빠르게 말을 맺은 그는 창밖으로 몸을 날렸다.

"이봐!"

상도명이 소리쳤다.

진방방이 그를 말렸다.

"막지 마세요. 지금 믿을 수 있는 사람은 사 공자뿐이에요."

* * *

칠성장이 발칵 뒤집혔다.

부슬비가 내리는 가운데 곳곳의 처마 밑에서 화톳불이 타오르며 칠성장을 밝혔다.

동방환도 소식을 듣고 급히 요광전으로 달려갔다.

"교하가 납치당하다니, 어떻게 된 일이오, 선자?"

진방방이 초조한 표정으로 대답했다.

"죄송합니다, 대공자."

"납치범의 정체는 알아냈소?"

"알아내지 못했습니다."

"추적대는?"

"지금 사 공자가 쫓고 있습니다."

"사운평이 쫓고 있다고?"

"예, 대공자. 그리고……."

진방방은 간략하게 사운평이 한 말을 전했다.

동방환은 서릿발처럼 차가워진 눈빛으로 상도명을 바라보았다.

"호위무사들을 조사해 보았소?"

상도명의 이마에 식은땀이 맺혔다.

"호위무사 중 정교가 천장의 대들보 위에서 시신으로 발견되었는데, 그의 품속에서 미혼약이 발견되었습니다."

"납치범들을 돕고 자결이라도 했다는 거요?"

"현재로썬 그럴 가능성이 큽니다만, 도망가지 않고 왜 스스로 목숨을 끊었는지, 그게 의문입니다."

"정교가 범인의 일행이 아닐 수도 있단 말이군."

"그렇습니다. 누군가가 그를 죽이고 품속에 미혼약을 넣어놓았을 수도 있습니다."

"다른 호위무사들도 철저히 조사해 보시오."

"예, 대공자."

명령을 내린 동방환은 입을 꾹 다물고 텅 비어 있는 침상을 바라보았다.

참으로 이상한 일이다.

백교하에 대해서 특별한 감정이 있는 것도 아니거늘, 텅 빈 침상을 바라보고 있으니 심장이 터질 듯 답답하다.

분노만으로는 설명되지 않는 생소한 감정.

이 감정을 뭐라고 해야 할까?

미간을 찌푸리고 고개를 갸웃거리던 그는 씁쓸한 표정으로 고개를 돌렸다.

백교하를 구해내면 그 감정의 정체를 알 수 있을지도…….

'사운평이 쫓고 있다면 곧 찾아내겠지.'

*   *   *

사운평은 자신의 감각에 의지해서 납치범의 뒤를 쫓았다.

남쪽은 자신이 있던 곳이고, 서쪽에는 천화궁의 주력이 있다. 그리고 동쪽은 전각이 밀집한 지역.

납치범이 도주로로 택할 만한 곳은 북쪽뿐이다.

자신이 비명을 듣고 달려가서 백교하의 방에 들어갔다 나온 시간까지 합친다 해도 기껏 반각 정도.

비 내리는 밤, 칠흑 같은 어둠을 뚫고 달린다는 것은 고수라 해도 쉬운 일이 아니다.

'그렇다면 멀리 가지는 못했을 거다.'

사운평은 청각과 시각을 집중하고 북쪽을 향해 달렸다.

비 내리는 어둠 속은 한 치 앞도 보이지 않았다. 일반 사람이라면 한 걸음 앞으로 내딛기가 힘들 정도.

그러나 사운평은 대낮에 달리듯 거침이 없었다.

칠팔 리쯤 달렸을까, 어디선가 첨벙거리는 소리가 들렸다.

워낙 어둡다 보니 물이 있는 곳인지 미처 모르고 뛰어든 듯했다.

질책하는 목소리도 들렸다.

"멍청하긴. 물이 없는 곳으로 올라가라."

저 앞쪽, 풀숲 너머에서 들리는 소리다.

사운평은 소리가 나는 곳을 향해 몸을 날렸다.

빗방울 맺힌 풀 위를 발끝으로 차며 단숨에 삼십여 장을 날아간 그의 눈에 어둠 속을 흐르는 그림자가 보였다.

모두 넷, 개중 하나의 어깨에 길쭉한 뭔가가 얹어져 있었다.

'찾았군.'

사운평은 회심의 냉소를 지으며 속도를 높였다.

그의 발에 밟힌 풀끝에서 빗방울이 튀었다.

바로 그때, 달리는 그림자들 저 앞쪽에서 십여 개의 또 다른 그림자가 나타났다.

'저놈들은 또 누구지?'

하지만 사운평은 속도를 늦추지 않았다.

백교하를 다치지 않게 빼내려면 속전속결로 처리하는 수밖에.

第四章

어둠 속에서
혈풍이 회오리치는데

　백교하를 납치한 자들은 모두 복면을 쓰고 있었다. 그들은 다가오는 자들과 거리가 오 장으로 줄어들자 걸음을 멈추었다.

　그들 중 하나가 물었다.

　"신궁에서 나오셨소?"

　다가오던 자들도 멈춰 섰다.

　챙이 넓은 죽립을 쓰고 있는 자들. 개중 오십 대 초로인이 대답했다.

　"신궁의 장로인 여동곤이라고 하네. 그 계집은?"

　"물론 빼냈소. 양수."

　수장으로 보이는 복면인이 이름을 부르자, 백교하를 메고 있던 복면인이 앞으로 나왔다.

　여동곤도 좌측을 향해 고갯짓을 했다.

"계집을 넘겨받아라."

"예, 장로."

삼십 대 장한 하나가 앞으로 나섰다.

"백가 계집을 넘겨줘라."

수장으로 보이는 복면인, 운양이 옆을 향해 명령을 내렸다.

그 순간, 으스스한 느낌과 함께 머리끝이 쭈뼛 섰다.

'응?'

눈살을 찌푸린 그는 고개를 돌려서 뒤를 돌아다보았다.

저 뒤쪽 어둠 속에서 등골을 오싹하게 만드는 한기가 밀려들고 있었다.

"조심해!"

그가 외침과 동시, 사운평이 어둠과 동화된 채 풀숲을 가르며 쇄도했다.

"놈을 막아!"

운양이 짧게 외치며 검을 빼 들었다.

뒤쪽으로 처져 있던 두 복면인이 사운평의 앞을 막았다.

하지만 그들이 볼 수 있는 것은 이지러진 어둠뿐.

그때 쇄도하던 사운평이 빗물 맺힌 풀을 공력이 실린 손으로 쳤다.

촤아아악!

풀잎의 빗물이 튀면서 어둠 속으로 퍼졌다.

공력이 실린 물방울은 암기나 다름없었다.

"크억!"

멋모르고 물방울을 몸으로 받은 복면인 하나가 풀쩍 뛰었다가 나뒹굴었다.

또 다른 복면인은 다급히 검을 휘둘러서 검막을 형성하고 물방울을 막아 냈다.

사운평은 그사이 흑의인의 머리를 타넘어서 백교하를 메고 있는 복면인, 공양수를 향해 날아갔다.

"어림없다!"

운양이 일갈을 내지르며 검을 뻗었다.

신궁 쪽에서도 서너 명이 몸을 날리더니 공양수를 보호했다.

속전속결을 결심한 사운평은 상천보리선공을 끌어올리며 마라팔비천수를 펼쳤다.

뒷일이 찜찜했지만 시간을 최대한 단축시키려면 어쩔 수 없었다.

츠츠츠츠츠.

비 내리는 어둠 속 허공에서 어덟 개의 커나란 손이 나타났다.

쾅!

굉음과 함께 운양이 주르륵 밀려났다.

퍼벅!

"크억!"

신궁 무사 중 하나가 비명을 지르며 뒤로 날아가고, 다른 두 무사도 벽에 부딪친 것처럼 튕겨 나갔다.

사운평은 상천보리선공으로 마기를 억누르며 마라팔비천수를 연이어 펼쳤다.

"모두 죽여주마!"

그때부터 신궁의 무사들에게 악몽이 시작되었다.

"크아악!"

팔 하나가 통째로 뜯겨져나간 무사 하나가 처절한 비명을 내질렀다.

어둠 속에서 핏줄기가 확 뿜어졌다.

"이 악귀 같은 놈, 죽어라!"

신궁의 장로, 여동곤이 노성을 내지르며 사운평을 공격했다.

나머지 무사들도 무기를 빼 들고 합공에 나섰다.

그러나 사운평이 속전속결을 작정하고 펼친 마라팔비천수는 공포, 그 자체였다.

여덟 개의 커다란 손그림자는 인간의 심기를 지배하고, 피를 갈구했다.

내리던 비조차 숨을 죽인 어둠 속.

공포에 질린 비명과 악다구니가 연이어 터져 나왔다.

"으아악!"

"다, 다가오지 마!"

"물러서지 말고 공격해!"

머리가 터지고, 심장이 뚫린 자들은 비명도 제대로 지르지 못하고 널브러졌다.

장로인 여동곤조차 일장 격돌의 충격을 이기지 못하고 이 장이나 튕겨 나갔다.

"어디서 저런 놈이⋯⋯!"

겨우 중심을 잡은 운양은 눈을 치켜떴다.

눈앞에서 벌어진 상황이 믿어지지 않았다.

나름대로 무공에 자신이 있던 그다.

천하의 어느 누가 단 일장으로 자신에게 두려움을 줄 수 있단 말인가.

그때 공양수가 공포에 질린 목소리로 악을 썼다.

"그, 그놈입니다, 주군!"

공양수가 '그놈'이라고 외칠 사람은 하나밖에 없다.

운양은 그제야 상대의 정체를 알고 눈꺼풀을 잘게 떨었다.

피로 물든 어둠 속을 유령이 되어서 누비는 자는 그였다.

흑령마도와 은강귀조에게 참담함을 선사한 자. 사운평!

"네놈이 사운평이냐?"

그가 악을 쓰며 물었지만, 사운평은 들은 척도 하지 않고 공양수를 덮쳤다.

"후후후, 이제 보니 저번의 그놈이군."

"다가오지 마!"

공포에 질린 공양수가 뒤로 물러나며 백교하의 왼팔을 움켜쥐고 꺾었다.

뚜둑!

백교하의 팔이 마른 나뭇가지처럼 부러졌다.

백몽혼에 당한 백교하는 팔이 부러졌는데도 별다른 반응이 없었다.

"다가오면 이년의 목을 부러뜨리겠다!"

공양수가 다시 외치며 백교하의 부러진 팔을 놓고 목을 잡아갔다.

백교하를 구하러 온 놈이라면 멈출 수밖에 없으리라.

그렇게 생각한 그는 대항이나 도주보다 협박을 선택했다.

하지만 사운평은 찰나의 망설임도 없이 손을 뻗었다.

어둠을 뚫고 거대한 손이 벼락처럼 뻗어나갔다.

"아, 안⋯⋯!"

예상치 못한 상황에 공양수의 안색이 흙빛으로 변했다.

가공할 마기에 정신이 짓눌려서 손끝도 움직일 수가 없었다.

순간,

퍽!

몽둥이에 호박 깨지는 둔탁한 소음이 울리더니, 머리가 반쯤 사라진 공양수의 몸이 옆으로 무너졌다.

사운평은 쓰러진 공양수 앞에 내려서서 사위를 둘러보았다.

소리 없이 내리던 부슬비가 그를 중심으로 회오리쳤다.

"지옥으로 가기에 좋은 날씨야."

그의 입가에 하얀 웃음이 떠올랐다.

아수라의 마소!

운양은 사운평과 눈이 마주치자 몸을 부르르 떨었다.

'뭐 저런 놈이⋯⋯!'

뇌리에서 순간적으로 격렬한 갈등이 일었다.

피해가 크긴 하지만 자신과 여동곤이 건재하다.

목숨을 걸고 전력을 다한다면 저 악마 같은 놈을 이길 수 있을지도⋯⋯.

그러나 자신이 죽는다면 저 악마를 죽인다한들 무슨 소용이란 말인가.

자신의 꿈도 사라지거늘.

들판에서 짐승의 밥이 되려고 살아온 것은 아니지 않는가 말이다.

'이곳에서 죽을 순 없어!'

빠르게 갈등을 정리한 그는 이를 악물고 어둠 속으로 신형을 날렸다. 칠성장이 있는 남쪽이 아니라 서쪽으로.

공양수의 정체가 들통 난 이상 자신의 정체를 눈치채는 것도 시간문제다.

칠성장으로 돌아가는 것은 범의 아가리 속으로 뛰어드는 꼴일 뿐.

'동방인, 나를 원망하지 마라.'

살아남은 신궁의 무사들도 공포에 질린 몸을 이끌고 정신없이 도망쳤다.

사운평은 도주한 자들을 쫓지 않고 상천보리선공을 운용하며 마기를 가라앉혔다.

입가의 웃음이 사라진 대신 이마에 깊은 골이 두어 줄 파였다.

'제길, 아무래도 진짜 흡기를 하는 거 같아.'

누군가를 죽일 때마다 정체불명의 기운이 스며드는 듯했다.

백교하를 메고 있던 자의 머리를 터트릴 때는 시원한 느낌이 들 정도였다.

소모된 공력이 회복되면 또 전보다 더 강해져 있겠지?

하지만 그는 더 깊게 생각하지 않았다. 어차피 고민한다고 해결될 문제도 아니니까.

그렇다고 자신이 당할 수는 없는 일 아닌가?

그보다는 아문 지 얼마나 되었다고 또 두어 군데에 난 상처가 더 걱정이었다.

전보다 심하진 않아도 연연이의 잔소리를 피할 순 없을 듯했다.

　　　　　*　　　*　　　*

선 채로 마기를 가라앉힌 사운평은 백교하를 살펴보았다.

비에 젖어서 옷이 몸에 찰싹 달라붙은 그녀는 그때까지도 정신을 차리지 못하고 있었다.

적나라하게 드러난 봉긋한 가슴은…….

'연연이 것보다 쪼끔 더 큰 것 같군.'

한 번 재볼까?

하지만 지금은 가슴 크기를 재고 있을 때가 아니다.

그는 시선을 억지로 옮겨서 부러진 왼팔을 살펴보았다.

공포에 질려서 단숨에 꺾었기 때문인지 단순 골절 상태였다.

그는 옆에 떨어져 있는 검을 부러뜨려서 백교하의 팔에 부목처럼 대고 천으로 묶었다.

그러고는 공력을 주입해서 백몽혼의 기운을 몰아냈다.

잠시 후, 백교하의 몸에서 뿌연 김이 흘러나왔다. 차갑게 식었던 몸에서도 열기가 느껴졌다.

사운평은 그제야 그녀를 조심스럽게 안아서 어깨에 걸쳤다.

그 와중에 가슴이 손에 닿았다. 맹세코 고의로 만진 것은 아니었다.

엉덩이를 잡고 밀어올린 것도 백교하의 자세를 바로잡으려 한 것일 뿐, 절대로! 의도적인 행동이 아니었다.

'엉덩이도 더 큰 것 같아.'

그때 남쪽 풀숲에서 무거운 기운이 밀려들었다.

"그곳에 있는 자는 누구냐!"

누군가가 소리쳤다.

천화궁의 추적대인가?

사운평은 엉덩이에 대고 있던 손을 재빨리 내리고 소리가 들린 쪽을 향해 말했다.

"백 소저를 구했소."

곧 이십여 명이 무기를 들고 모습을 드러냈다.

사운평을 향해 다가오던 그들은 주위에 널브러져 있는 시신을 보고 흠칫했다.

그들을 알아본 사운평의 눈빛이 반짝였다.

'화경당 사람들이군.'

앞장선 사람은 원당계였다.

삼 조 조장 임호군과 고중산도 보였고.

"어? 자네 혹시……?"

무척 어두운데도 고중산이 그를 알아봤는지 놀란 눈을 크게 떴다.

"오랜만이오. 백 소저가 부상을 입었으니 어서 돌아갑시다."

공력을 주입해서 백교하의 몸을 따뜻하게 보호한 사운평은 이러쿵저러쿵 할 시간도 아깝다는 듯 걸음을 옮겼다.

시신을 둘러보고 있던 원당계는 막지도 못하고 다급히 그를 따라 움직였다.

"이 조장은 먼저 달려가서 백 소저를 구했다고 알리고, 나머지는 좌우를 호위해!"

                    *   *   *

　추적추적 부슬비 내리는 새벽녘.

　사운평이 백교하를 메고 돌아오자, 불이 환하게 밝혀진 칠성장이
그를 맞이했다.

　백교하의 납치 사건이 알려지면서 비상이 걸린 것이다.

　정문 앞에 서 있던 예리상은 그가 돌아오자 포권을 취했다.

　"다녀오셨습니까, 문주."

　사운평은 고개만 끄덕였다.

　초조한 표정이던 천화궁 무사들은 그 모습을 힐끔거렸다.

　예리상은 반 시진 이상 정문 앞에 서서 기다렸다. 온몸이 비에 젖
어서 축축한데도 정면만 쳐다보며 한 걸음도 움직이지 않았다.

　사운평이 당연히 백교하를 구해서 돌아올 거라고 생각한 듯.

　도대체 뭘 믿고?

　처음에는 비웃음이, 나중에는 가슴에서 열기가 일었다.

　그런데 사운평이 그의 믿음에 화답하듯 백교하를 구해서 돌아왔
다. 예리상은 여전히 처음이나 다름없는 무뚝뚝한 표정으로 그를 반
겼고.

　'천해문이라고 했지?'

　'청부문파라고 하던데, 제법이군.'

　별 볼 일 없는 청부문파의 이름이 천화궁 무사들 머릿속에 새겨졌
다.

　그때 동방환이 먼저 보낸 화경단 이조장으로부터 소식을 듣고 뛰

어나왔다.

천화궁 무사 이십여 명도 따라 나와서 사위를 경계했다.

"교하는 어떤가?"

"팔이 부러진 것 외에는 다행히 크게 다친 곳은 없수."

"파, 팔이 부러졌다고?"

그런데 크게 다친 곳이 없어? 그걸 말이라고 해?

동방환은 어이가 없었지만, 지금은 그걸 따질 때가 아니었다.

"그놈들인가?"

"그렇소."

"이 죽일 놈들이!"

동방환의 두 눈에서 불길이 타올랐다.

사운평이 그런 동방환의 두 눈을 빤히 바라보며 다그쳤다.

"호위를 늘리라고 했더니 뭐한 거요?"

"늘리긴 했는데……."

"내가 미리 눈치채지 못했으면 큰일 날 뻔했잖수?"

미리 눈치챈 것은 아니지만 남들이 뭘 알겠어?

"그 점은 할 말이 없군."

"안으로 들어갑시다. 비도 오는데, 여기서 밤 샐 거요?"

사운평은 툭 쏘아붙이고 안으로 들어갔다.

불길이 가라앉은 동방환은 사운평의 등을, 정확히는 어깨에 걸쳐져서 축 늘어진 백교하를 바라보았다.

'충격이 컸나보군.'

횃불에 비친 얼굴이 창백하다.

그녀의 체구가 이상하리마치 왜소하게 느껴진다.

'교하가 저렇게 작았나?'

처음이었다. 백교하에 대해서 아련한 마음이 든 것은.

진방방이 백교하를 조심스럽게 받아서 침상에 눕혔다.

손이 가늘게 떨렸다. 목에 메어서 말도 잘 나오지 않았다.

"아가씨⋯⋯."

"자게 놔두쇼."

사운평이 나직이 말하자, 진방방은 그제야 겨우 마음을 추슬렀다.

"고마워요, 사 공자."

"어떤 놈이 미혼약을 썼는지 찾아냈어요?"

"정교가 죽었는데, 그의 품속에 미혼약이 있었어요. 하지만 그가 범인인지는 확실하지 않아요."

사운평은 더 묻지 않았다.

어차피 조무래기를 잡는 것은 의미가 없었다.

실제 범인은 은천령일 가능성이 크지만, 중요한 것은 신궁의 장로가 개입했다는 것이다.

'신궁을 추궁할 명분이 저절로 만들어졌군.'

그뿐이 아니다.

백교하 납치가 실패함으로써 골치 아픈 문제 하나가 해결될지 모른다.

백교하가 알면 기분 나쁠지 몰라도, 그녀는 자신도 모르는 사이 이번 전쟁에서 상당히 큰 변수가 되어 있는 것이다.

"잠깐 이야기 좀 할까?"

동방환이 뒤에서 부르자, 사운평은 말없이 돌아섰다. 그도 할 말
이 많았다.

* * *

잠자리서 일어나 있던 동방진은 동방환에게서 백교하를 구출했다
는 소식을 듣고 안도했다.

"후우, 그나마 다행이군. 교하는 어떻더냐?"

"팔이 부러진 것 외에는 크게 다친 곳이 없습니다."

"사운평이라는 그놈, 제법이군. 하마터면 큰일 날 뻔했어."

제법이라고?

그 정도가 아니다. 아주…… 무섭도록 강한 고수다.

거기다 여우 뺨치고, 너구리를 끓는 물속으로 알아서 들어가게 만
들만큼 영리하다.

동방환은 그가 떠오르자 쓴웃음이 절로 지어졌다.

"대단한 자지요."

"그래, 범인은 알아냈다더냐?"

동방환은 분노의 목소리로 묻는 부친의 눈을 직시했다.

"그 이전에, 아버님께 말씀드릴 게 있습니다."

아들의 목소리에서 왠지 모를 무거움을 느낀 동방진도 표정이 서
서히 굳어졌다.

"말해 봐라."

"삼비총에서 수상한 제삼의 무리가 본 궁을 위험에 빠뜨렸다는 것은 아버님도 아실 겁니다."

"그걸 내가 어찌 모르겠느냐?"

무심코 대답하던 동방진의 눈이 커졌다.

"설마…… 네가 그들을 알아냈단 말이냐?"

동방환이 묵묵히 고개를 끄덕였다. 그러고는 나직한 목소리로 말했다.

"예, 아버님."

"그런데 왜 여태 말하지 않았느냐?"

"셋째에게 맡기셨다 하셔서 정확한 증거가 드러나면 말씀드리려 했습니다."

"그럼…… 내부 인물이 그들과……?"

동방진이 뭔가를 눈치채고 표정이 서서히 굳어졌다.

"현재까지 조사한 바에 따르면 그럴 가능성이 농후합니다."

"혹시 천밀전주를 말하는 것 아니냐?"

"아마 셋째에게 대략적인 말은 들으셨을 겁니다."

"혹시 교하의 납치도 그놈이……?"

"그렇습니다. 사운평의 말에 의하면, 교하를 납치한 놈들이 신궁의 무리와 만났는데, 알고 보니 숙부가 끌어들인 자들이었다고 합니다."

"그놈이 감히!"

동방진이 벌떡 일어섰다.

동방환은 급히 그를 말렸다.

"아버님, 숙부가 진짜 적과 내통했다 해도 지금 잡아선 안 됩니다."

"잡아선 안 된다고? 가족을, 제자들을 배신하고 적의 편에 선 놈을?"

동방진이 으르렁거렸다. 눈에서는 불길이 쏟아졌다.

분노의 천화(天火)!

동방환은 익히 부친의 성격을 알고 있는 터라 침착하게 말했다.

"연관된 자들을 한꺼번에 소탕하려면 분노를 참으셔야 합니다."

눈에서 분노의 불길을 쏟아 내던 동방진이 동방환을 뚫어지게 노려보았다.

시간이 지나면서 불길이 서서히 수그러들었다.

그러나 심장만큼은 더욱 뜨겁게 달아올랐다.

"언제까지 참아야 하느냐?"

"오래 기다리시지 않아도 됩니다. 지금쯤 교하의 납치가 실패했다는 걸 알았을 테니 곧 수단과 방법을 가리지 않고 어떤 식으로든 움직일 겁니다."

동방진은 굵은 눈썹을 꿈틀거리더니 느릿하게 고개를 끄덕였다.

"좋아, 그 정도라면 참으마. 놈들을 다 잡아내서, 기다린 만큼 철저히 짓밟아 혼까지 태워죽일 것이니라!"

*   *   *

동방인은 초조한 표정으로 식은 차를 단숨에 마셔버렸다.

백교하가 구출되어서 돌아왔다. 자신만만하게 납치를 추진한 운양은 코빼기도 보이지 않고.

만약 운양이 잡히거나 죽어서 정체가 드러났다면 복수의 화살은 자신을 향하게 되겠지.

'멍청한 놈. 그놈을 너무 믿었어!'

문제는 무작정 그가 돌아오기를 기다릴 여유가 없다는 것이다.

당장은 별일이 없겠지만, 날이 새면 무슨 일이 벌어질지 아무도 모른다.

"개상."

"예, 전주."

"아무래도 상황이 좋지 않다. 언과 두고에게 전해라. 내가 움직이면 바로 시작하라고 해."

남개상의 눈매가 잘게 떨렸다.

마침내 생사를 가를 최후의 결정이 내려졌다.

이기면 영화를 누릴 것이오, 패하면 죽음뿐이리라.

어차피 자신은 아무런 권한도 없는 꼭두각시일 뿐. 주인의 손짓에 따라 춤을 추면 된다.

"복명."

남개상은 만전을 기하기 위해서 개양전을 나서기 전에 인근 상황부터 살펴보았다.

백교하가 돌아옴으로써 비상경비체제가 해제된 터라 별다른 움직임은 보이지 않았다.

주위를 철저히 살펴본 그는 심복인 전욱을 황두고에게 보내고, 자신은 동방언을 만나기 위해서 천권전으로 향했다.

그때까지도 부슬비가 추적추적 내리고 있었다.

* * *

동방인의 사촌형제로 젊을 때는 천화궁의 삼대기재 중 하나로 꼽혔고, 나이 들어선 천화궁 오대고수 중 하나로 불리는 동방언.

사대령주 중 벽화령주인 그는 너무 강압적이고 자신을 깔보듯 대하는 동방진에게 항상 불만이 많았다.

자신감도 넘쳐서 동방진이 궁주만 아니면 정식 대결로 자신의 강함을 입증할 수 있을 거라 생각했다.

하지만 상대는 천화궁의 주인. 십수 년을 참으며 지내야만 했다.

그런데 어느 날, 동방인이 찾아와서 말했다.

"언제까지 이렇게 살 건가? 궁주의 잔심부름이나 하다가 죽을 건가?"

"궁주도 아우의 뛰어남을 잘 알기 때문에 언제 팽 시킬지 모르네. 당할 때까지 기다릴 건가?"

"천화궁을 나누어 가진 후 천하에 당당히 나가서 명성을 떨치세!"

오랜 세월 불만이 쌓인 그에게 동방인의 제안은 꿀보다 달콤했다.

어차피 죽으면 한 번 죽지, 두 번 죽을까?

게다가 자신 외에도 천화궁의 주축을 이루는 몇 사람이 동방인과 함께 움직일 거라 하지 않는가.

전체적인 세력이야 밀리지만, 급습해서 동방진을 제거하는 일 정도는 충분히 승산이 있을 듯했다.

그는 계산 끝에 동방인과 맹약을 맺었다. 동방인의 명령이 떨어지면 동방진을 급습하기로.

그런데 오늘, 갑작스럽게 남개상이 찾아왔다.

"지금?"

"예, 령주."

"백교하 때문에 서두르는 건가?"

"그렇습니다."

"알았다."

남개상을 내보낸 동방언은 숨을 깊게 들이쉬었다.

'드디어 때가 된 건가?'

가슴이 떨렸다. 그러나 이제는 물러설 곳도 없었다.

동방진의 성격은 그가 잘 안다.

그는 결코 자신을 용서하지 않을 것이다. 자신의 가족 역시.

'반드시 성공해야 해!'

자신뿐만 아니라 가족을 위해서라도.

천천히 숨을 내쉰 그는 밖을 향해 한 사람을 호명했다.

"임강."

"예, 령주."

"안으로 들어와라."

곧 키가 크고 단단한 체구를 지닌 삼십 대 장한이 안으로 들어왔
다.

그가 바로 벽화령 삼대주 중 일대주 임강으로 동방언의 오른팔이
나 다름없는 심복이었다.

"부르셨습니까, 령주."

"남개상이 왜 왔는지 짐작하겠지?"

그 질문에 임강이 결연한 표정으로 고개를 끄덕였다.

"예, 령주."

"준비해."

임강을 내보낸 동방언은 옷을 갈아입고 검을 챙겼다.

검집의 고리를 옆구리에 매단 그는 흔들리는 등잔불을 보면서 냉
소를 지었다.

"동방진, 어디 누가 강한지 보자."

그때였다.

"당신은 그의 십초도 받아내기 힘들걸?"

느닷없이 귀청을 울리는 목소리.

동방언은 홱 고개를 돌려서 뒤를 돌아보았다.

언제 나타났는지 한 사람이 어스름 속에 서 있었다.

왠지 허름하게 보이는 무복은 군데군데 찢어진 것처럼 보였는데,
그나마도 곳곳에 검은 얼룩이 묻어 있었다.

밖의 경비무사들은 저딴 놈이 몰래 안으로 들어올 때까지 뭐하고
있었던 말인가.

"네놈은 누군데 감히 이곳에 들어온 것이냐?"

동방언은 다그치면서도 함부로 움직이지 않았다.

자신의 감각을 속이고 안으로 들어왔다는 점만으로도 충분히 주의해야 할 상대였다.

"나? 천해공자 사운평."

동방언의 표정이 묘하게 비틀렸다.

'저놈이 사운평?'

"청부를 받았지. 당신을 지옥으로 보내주면 천 냥을 주겠다고 하더군. 물론 금자로."

"이 건방진 놈이……!"

우두두둑.

사운평이 두 손을 맞잡고 관절을 꺾으며 씩 웃었다.

"그렇게 말한 사람들이 지금 어디에 있는지 알아? 저 아래, 지옥에 있지."

"흥!"

냉랭히 코웃음 친 동방언이 팔성 공력을 쌍장에 실어서 사운평을 공격했다.

후끈한 열기가 해일처럼 밀려갔다.

사운평은 상천보리선공을 끌어올렸다.

동방언은 천화궁에서도 내로라하는 절대고수. 어설픈 무공으로는 상대할 수 없는 자다.

더구나 자신은 한차례 싸움으로 적지 않은 상처를 입은 상태가 아닌가.

상천보리선공을 끌어올린 그는 망설이지 않고 마라팔비천수를 펼쳤다.

등잔불이 세차게 요동을 치더니 꺼졌다.

갑자기 방 안이 어두워지자 동방언이 주춤했다. 아무리 고수라 해도 갑작스러운 어둠은 당황스럽지 않을 수 없었다.

그 순간, 어둠 속에서 여덟 개의 커다란 손그림자가 춤을 추었다.

전신을 짓누르는 가공할 기세.

'헛!'

순간적으로 숨이 턱 막힌 동방언은 대경하며 미끄러지듯 주욱 물러섰다.

어둠에 익숙한 사운평은 물러서는 동방언을 그림자처럼 따라갔다.

고오오오오! 쩌저저저적!

마라팔비천수가 천변만화를 일으키며 어둠을 찢어발겼다.

동방언은 다급히 공력을 끌어올리고 대응했다.

그러나 급히 끌어낸 공력으로는 아수라의 힘을 막기에 역부족이었다.

콰광!

"크억!"

동방언의 몸뚱이가 뒤로 날아가더니 기둥에 처박혔다.

쾅! 쩌저적!

그의 몸에 실린 마라팔비천수의 힘이 얼마나 강력한지 아름드리 기둥이 비명을 지르며 부러졌다.

동시에 두 사람이 뿜어낸 가공할 기운의 여파가 휘돌면서 방 안의 집기를 부수었다.

와장창! 와직! 콰르릉!

탁자며 장식장들이 산산이 부서지고, 심지어 방문과 창문까지 폭발하듯 터져 나갔다.

"령주님!"

"맙소사! 안에서 무슨 일이……!"

밖에서 경악성이 들렸다.

엄청난 기의 폭풍에 놀란 경비무사들은 안으로 들어가지는 못하고 멀리서 지켜보기만 했다.

사운평은 기둥에 처박힌 동방언을 놔둔 채 천장으로 솟구쳤다.

마라팔비천수가 동방언의 가슴에 정통으로 박혔다.

가루가 된 옷자락 안쪽에 선명한 장인이 새겨져 있으리라. 심장은 부서졌을 것이고.

입을 꾹 다문 사운평은 천장을 통해서 밖으로 나간 후 천권전 지붕 위로 올라갔다.

입을 꾹 다문 그의 얼굴은 처음보다 창백했다.

연이은 격전으로 인한 내상도 이유였지만, 새로운 사실을 깨달은 충격이 더 컸다.

'빌어먹을. 이제야 마라팔비천수가 심장을 집요하게 노리는 이유를 알겠어.'

*   *   *

한편, 막 방을 나서던 동방인은 마당으로 들어서는 사람들을 보고 바짝 긴장했다.

"궁주께서 이 시간에 어쩐 일로……?"

그랬다. 들어선 사람들은 동방진과 동방환, 그리고 동방수와 나종 악이었다.

"천화궁에 형제들을 배신한 자들이 있다고 하더군. 삼비총에서 본 궁의 형제가 수백 명이나 죽은 것도 그놈들 때문이고. 나는 배신자들을 철저히 색출해서 죄를 물을 생각이다."

"배신자가 있다면 당연히 죄를 물어야지요."

대답하는 동방인의 등줄기로 식은땀이 흘렀다.

왜 갑자기 그런 말을 자신에게 하는 걸까?

'설마?'

동방인은 동방진의 두 눈을 직시했다.

동방진의 눈이 얼음구슬처럼 차갑게 느껴졌다.

그제야 뭔가 일이 잘못되었다는 사실을 깨달은 그는 주먹을 움켜 쥐었다.

그때 좌우 담장 위에 수십 명이 내려섰다.

천화단. 궁주의 수신호위.

그들 중 사십 대 중후반으로 보이는 중년인이 냉랭히 소리쳤다.

"천밀전 무사들은 아무도 움직이지 마라! 도주하는 자는 그게 누구든, 궁주님의 명에 따라 참살할 것이다!"

그 직후, 동방진이 분노에 찬 목소리로 다그쳤다.

"인, 이제부터 내가 묻는 말에 사실대로 말해야 할 것이다."

동방인은 혼신을 다해서 흐트러지려는 정신을 붙잡았다.

아차하면 나락으로 떨어지는 상황.

"말씀해 보시지요."

"천밀전에 상주하고 있는 자들은 누구냐?"

동방진이 추상 같은 목소리로 다그쳤다.

동방인은 등줄기의 식은땀을 느낄 새도 없이 대답했다.

"그들은 의제인 운양이 데려온 자들로, 저는 그들의 출중한 능력이 본 궁에 큰 도움이 될 거라 생각하고 영입했을 뿐입니다."

"운양과 그가 데려온 자들은 지금 어디에 있느냐?"

"신궁의 동태를 감시하기 위해서 백암곡에 보냈습니다."

"모두 다 보냈단 말이냐?"

"예, 궁주."

"괴이한 일이군. 백암곡에 보냈다는 자들이 왜 교하를 납치한 것이냐?"

"예?"

"듣기로는 그들이 패왕의 후예들 같다고 하던데, 사실이냐?"

동방진이 폭풍처럼 몰아붙였다.

동방인은 더 이상 대답하지 못했다.

이미 작정을 하고 왔거늘, 그 어떤 핑계가 통할까.

그때 멀리서 천둥소리가 들렸다.

천권전 쪽. 흠칫한 동방인이 무의식중에 그쪽을 향해 고개를 돌렸다.

동시에 동방진이 마지막 대못을 박았다.

"이제 모든 것이 다 끝났다. 순순히 죄를 인정해라. 끝까지 네 죄를 모르고 반항하면 혼까지 태워져 죽을 것이다.”

동방인이 피식, 쓴웃음을 지었다.

지금까지와 전혀 다른 모습. 마치 모든 것을 포기한 사람 같았다.

“궁주, 궁주께선 한번이라도 자신을 돌아보신 적이 있습니까?”

엉뚱한 대꾸에 동방진이 이마를 찌푸렸다.

“나를 돌아본 적이 있냐고?”

“그렇습니다. 그동안 궁주께서는 천화의 형제들을 무시하고 오직 당신 뜻대로만 모든 것을 행하셨습니다. 지난 십오 년, 천화궁에는 오직 궁주의 뜻만 존재했지요.”

“내가 너무 독선적이었다는 거냐?”

“아닙니까?”

“그렇게 하지 않았다면 우린 지금까지 존재할 수 없었을 것이다. 너희 같은 놈들이 세상을 만만하게 보고 밖으로 나갔다가 삼룡에게 사냥 당하는 사냥감이 되었을 테니까.”

“진즉 세상으로 나가서 힘을 키웠다면 지금보다 훨씬 강해졌을 겁니다.”

“어리석은 놈. 저들이 우리가 힘을 키울 때까지 그냥 놔두었을 거라 보느냐?”

“세상은 넓고, 방법도 많습니다. 최소한 이곳에서 숨어 지내는 것보다는 나았을 겁니다.”

“그래, 그래서 백원양을 보냈지. 그리고 삼비총에 들어가려고 했던 거다. 그런데 너는 형제들의 목숨을 팔았어!”

“우리 힘으로 안 된다면 패왕의 힘이라도 빌려서 복수를 하려고 했던 것뿐입니다.”

“웃기는 소리 마라! 너는 그저 네 욕심을 챙기려 했을 뿐이야! 네가 정말 천화의 형제들을 생각했다면, 최소한 삼비총에 간 형제들을 죽음으로 내몰진 않았어야 했다!”

“때로는 대를 위해 소를 희생 시킬 때가 있는 법입니다. 천화의 미래를 위해 그 정도의 희생은 어쩔 수 없었습니다.”

“궤변 늘어놓지 마라! 환! 저놈을 잡아라!”

동방진이 명령을 내리자 동방환이 앞으로 나섰다.

순간, 동방인이 땅을 박차고 허공으로 솟구쳤다.

동방환은 동방인이 도주하는 데도 쫓지 않고 차가운 눈으로 쳐다보기만 했다.

담장 위의 천화단 무사들도 움직이지 않았다.

그때 허공에서 노성이 터져 나왔다.

“어림없다, 이놈!”

“네가 갈 곳은 지옥뿐이니라!”

동시에 불길처럼 뜨거운 기운이 하늘에서 쏟아졌다.

동방인은 하늘에서 나타난 상대가 호궁호법 중 두 사람인 걸 알고 눈빛이 암울해졌다.

‘거의 다 왔거늘.’

일각만, 단 일각만 더 시간이 있었어도……

비 내리는 어둠 속, 피비린내 나는 폭풍이 칠성장을 휩쓸었다.

폭풍은 동이 트기 전에 그쳤다.

그사이 삼십여 명이 폭풍에 휩쓸렸다.

개중에는 벽화령주 동방언과 청화기주 황두고 같은 최고위급 간부도 있었고, 실질적으로 무사대를 지휘하는 중간 간부도 십여 명이나 되었다.

대부분 동방인과 알게 모르게 연관된 자들.

그나마 일반 무사들에겐 죄를 묻지 않아서 그 정도로 그친 것이었다.

사람들은 그것으로써 천화궁의 내홍이 정리되었을 거라 생각했다.

동방진과 동방환 역시.

＊　　　＊　　　＊

묘시(卯時: 오전5시~7시) 무렵, 조연홍이 귀혼문 무사들을 데리고 칠성장에 도착했다.

비가 멈추면서 피어난 안개 때문에 어스름이 유난히 짙었다.

은밀하게 움직이기에는 최상의 날씨.

그들이 어스름을 등에 지고 칠성장 안으로 들어서자, 천화궁 무사들은 긴장 반, 호기심 반의 표정으로 그들을 주시했다.

사운평은 귀혼문 대표로 나선 왕호광과 왕추당을 대동하고 천추전으로 향했다.

한 시진 정도 운기했는데도 몸이 찌뿌둥했다. 상처 입은 곳도 욱신거리고.

'제길, 돈보다 건강이 먼저라는 말을 배부른 자들의 헛소리쯤으로

알았는데, 이제야 이해할 것 같네. 돈이 아무리 많아도 아프면 뭐해?'

사운평이 인생의 쓴 경험을 되새기며 천추전에 도착했을 때, 안에 선 동방진과 동방환, 동방수, 나종악이 기다리고 있었다.

사운평 등은 좌우로 늘어선 호위무사 사이를 걸어서 기다린 탁자 앞에 멈춰 섰다.

사운평이 먼저 왕호광과 왕추당을 소개시켰다.

"여기 이분이 귀혼문의 문주시고, 이분은 문주의 숙부십니다."

"왕호광입니다."

"왕추당이외다."

"동방진이오. 여기 이 사람은 본궁의 부궁주이고, 이 두 아이는 내 아들인 환이와 수아외다."

동방진이 손으로 가리키자, 나종악과 동방환, 동방수가 왕호광과 왕추당에게 공수의 예를 취했다.

대충 인사가 끝나자 동방진이 사운평을 바라보았다.

직접 만나 본 건 처음이었다. 그럼에도 동방환에게 귀가 따갑도록 들어서인지 눈에 익은 느낌마저 들었다.

"수고가 많았네. 밤에 처리해 준 일도 고맙고."

"별말씀을. 할 일을 했을 뿐이죠. 하, 하, 하."

동방진은 과장되게 웃으며 대답하는 사운평을 지그시 바라보았다. 겉모습만 보면 남자가 너무 가벼운 듯했다.

그러나 한 점 흔들림 없는 두 눈에 자신조차 잠직키 힘든 무언가가 담겨져 있었다.

'환이의 말대로 보통 놈이 아니야. 여차하면 큰 변수가 되겠어.'

동방진의 눈빛이 깊게 가라앉았다.

친구를 얻기 위해서 손을 잡으려는 게 아니다. 적을 칠 동료가 필
요한 것일 뿐.

해가 될 변수는 적과 다름없다.

하지만 아직은 친구로서 대할 때.

"그럼 이제 본론에 대해서 논의해 보도록 합시다."

第五章

봄바람이 불던 날,
불청객이 찾아오고

이른 봄부터 진한 피비린내가 느껴지는 봄바람이 불어댔다.

그 와중에 두 가지 소식이 산서성을 강타했다.

　— 천의산장의 대공이 주력을 이끌고 진성에 도착했다.
　— 무림맹이 황하를 건너와서 집작에 거점을 마련했다.

산서뿐만 아니라 천하의 무인들이 들끓었다.

하북, 하남, 섬서 등 인근에 있던 성의 무인들이 산서로 발길을 옮겼다.

개중에는 강호에서 내로라하는 세력도 있었다.

천도맹, 검천성, 현천방 등 신주구세에 속한 문파들조차 정예무사를 동원해서 산서로 이동했다.

그 즈음, 상관종산의 명령이 백군맹에 전달되었다.

"본 맹의 정예를 이끌고 지금 즉시 장치로 향하라는 명령이 떨어졌습니다."

방민의 보고를 받은 철무궁은 자리에서 느릿하게 일어났다.

창가로 다가간 그가 백군맹의 전각군을 바라보며 말했다.

"신궁에선 누가 나선다고 하더냐?"

"궁주가 정예무사를 이끌고 직접 나선다고 합니다."

그 말에 철무궁의 입가로 진한 냉소가 번졌다.

"천의산장과 무림맹까지 끼어드니 애가 닳았군."

"그가 나서고 나면 신궁에는 가족과 호위, 그리고 원로들만 남을 겁니다."

"흐음……."

"어떻게 하시겠습니까?"

"명령이 떨어졌으니 움직여야지. 방민, 장산을 불러라."

"예, 맹주."

철랑공자(鐵狼公子) 철장산.

스물여덟 살인 그는 철무궁의 세 아들 중 첫째다.

화가 나면 앞뒤 가리지 않는 급한 성격의 소유자로 알려진 탓아.

그는 어릴 때 기재로 촉망받았지만, 나이가 들면서 성격이 개차반이 되었다.

주위 사람들이 오죽하면 호랑이가 성질 급한 늑대를 낳았다며 그를 볼 때마다 비웃었다.

철무궁은 그런 말이 들릴 때마다 만족해했다.

자신이 아들을 그렇게 키웠으니까.

언젠가 올지 모를 그날을 기다리며.

극소수의 몇 사람도 그에 대한 진실을 알고 있었다.

방민도 그런 사람 중의 하나였다.

그는 철장산이 철무궁보다 더 강하고, 더 뛰어나다는 걸 누구보다 잘 알았다.

철장산을 어렸을 때부터 관리해 온 사람이 그였으니까.

철장산을 데려오기 위해 방을 나서는 그의 심장이 터질 듯 뛰었다.

'드디어 시작인가?'

*　　*　　*

사운평은 내상이 회복되자 돌아갈 채비를 갖추고 동방환을 만났다.

"동방 형, 그만 가 봐야겠소. 대금을 계산해 주면 좋겠는데."

"안 그래도 준비해 놓았네."

동방환은 시원시원하게 금자 천 냥짜리 거액 전표로 청부대금을 지급했다.

낙양 만금장에서 발행한 전표인 걸 보니 백원양이 벌어들인 돈일 가능성이 컸다.

'확실히 동방수보다 나아.'

사운평은 흐뭇한 표정으로 전표를 품속에 넣었다.

"또 청부할 일 있으면 연풍으로 사람을 보내쇼. 한 달 정도는 그곳에 머물 생각이니까."

"알겠네."

사운평은 조연홍과 예리상을 데리고 천선전을 나섰다.

자신의 계산대로라면, 며칠 지나지 않아서 사람을 보내올 것이다.

전쟁이 벌어지면 맡길 일도 많아질 테니까.

'너무 위험한 청부는 사양해야지.'

행복이 눈앞에 있는데 미쳤다고 위험을 자처해?

동방환은 천선전 앞에 서서 사운평이 안 보일 때까지 바라보았다.

그의 눈빛은 하루 전보다 차가워져 있었다.

'교하야, 아무래도 나는 네가 나 외의 다른 남자를 생각하는 걸 허락할 수 없을 것 같구나.'

그 자신도 이해하기 힘든 마음이었다.

백교하가 납치당하기 전만 해도 자신이 이런 마음을 품게 될 줄 상상도 못했거늘.

사운평은 떠나기 전에 백교하를 찾아갔다.

"좀 어때요?"

"많이 좋아졌어요."

자신이 납치되었다는 것을 알았을 때 얼마나 놀랐던가.

그러다 사운평이 구해 주었다는 말을 듣고 심장이 터질 듯 뛰었다.

진방방의 말로는 자신을 안고 왔다지 않는가 말이다.

비에 젖어서 옷이 찰싹 달라붙은 자신을.

그 생각을 하자 창피한 마음이 들면서도 한편으로는 몸이 뜨거워졌다.

"몸조리 잘하쇼."

"고마워요."

"혹시 그거 알아요?"

"뭘요?"

"대공자가 백 소저를 마음에 품고 있다는 거요."

백교하는 쓴웃음을 지었다.

'대공자는 결코 저를 좋아하지 않아요. 아니, 저뿐만 아니라 어떤 여자도 좋아하지 않아요.'

하지만 차마 그 말은 하지 못했다.

"다시 올 건기요?"

"청부가 아직 남았으니 와야죠."

백교하의 얼굴이 상기되었다.

그렇다면 아직 기회가 남아 있다. 그런데 다음에는 말할 수 있을까?

"그럼 다음에 뵙죠."

사운평이 짧게 인사를 나누고 백교하의 방을 나섰다.

진방방은 그 모습을 보고 뭔가를 말하려다 한숨을 쉬었다.

'후우, 바보 같은 사람. 아가씨는 당신을 좋아한단 말이에요.'

*　　*　　*

봄바람이 세차게 불던 그날 오후, 사운평이 연풍에 도착하자 갈원이 멋진 선물을 전해 주었다.

"소청의 수하가 정오쯤 가져왔네."

그가 굳은 표정으로 서찰을 내밀었다.

밀봉된 것을 보니 아직 아무도 보지 않은 듯했다.

사운평은 눈빛을 빛내며 밀봉을 뜯었다.

서찰의 내용은 간결했다. 그러나 내용까지 가벼운 것은 아니었다.

   [백악산 연혼곡은 풍태산(豊台山) 사회곡(死回谷)으로 밝혀짐. 경계가 워낙 삼엄해서 사흘간 잠복하며 수상한 무리의 출입을 확인했음. 적어도 숫자가 이백 이상으로 보임.]

"좋았어!"

사운평은 쾌재를 불렀다.

전쟁이 시작되기 직전, 새로운 바람을 일으키기에 적당한 정보였다.

더구나 숫자가 이백 이상이라면 은천령의 주 전력이라는 말 아니겠는가.

"어떻게 하실 거예요?"

이연연이 물었다. 다른 사람들도 모두 사운평을 바라보았다.

사운평이 활짝 웃으며 말했다.

"어떡하긴? 천의산장과 무림맹에 팔아먹어야지."

　　　　　*　　　*　　　*

　천의산장이 둥지를 튼 곳은 진성 서쪽 외곽에 있는 풍검보였다.

　사운평은 조연홍을 시켜서 풍검보 정문 문설주에 서신을 붙여 놓았다.

　아침 일찍 정문을 연 위사는 문설주에 붙은 서신을 펼쳐보고 다급히 금우경에게 전달했다.

　그로부터 일각 후.

　서신에서 눈을 뗀 공손무곡이 싸늘한 눈빛을 번뜩였다.

　"금 원주, 놈의 정보가 사실이라고 보시오?"

　"사실일 거요. 천화궁을 위해 일을 한 것은 분명합니다만, 정보에 대해서 그는 지금까지 거짓말을 한 적이 없소이다."

　공손무곡도 그 말은 인정했다.

　"좋소. 사실이라면 그동안 우리를 농락한 놈들에게 뜨거운 맛을 보여줄 때가 되었군. 심악, 산장에서 출발한 이차 지원무사들은 언제 제원에 도착하느냐?"

　조용히 서 있던 심악이 대답했다.

　"사흘 후쯤에는 도착할 것입니다."

　"그들을 곧장 이곳으로 오라 이르고, 제원에 머무르고 있는 무사들도 모두 불러들여라."

　"예, 대공. 하온데 신궁의 도움 요청은 어떻게 처리하실 생각이십니까?"

　천의산장이 풍검보에 도착한 사실을 안 신궁 쪽에서 서신을 보냈다.

서신에는 장황한 글이 적혀 있었는데, 실제로 전하고자 하는 내용은 간단했다.

[천화궁이 남쪽으로 후퇴하면 퇴로를 차단해 주시오.]

공손무곡은 그 요구가 마음에 안 들었다.

"흥! 퇴로나 막아 달라? 우리가 직접 끼어들면 밥그릇을 빼앗길까 봐 겁난 모양이지?"

천의산장이 천화궁과의 싸움에 직접 끼어들어서 혁혁한 공을 세울 경우 신궁에서는 그만한 대가를 치러야 한다.

산서의 남쪽 권역을 내줘야할지도…….

신궁으로선 그 점이 싫었을 것이다.

공손무곡이 코웃음 치자, 금우경이 침중한 투로 말했다.

"그들로서는 우리가 산서에 들어온 것도 못마땅할 거요."

"못마땅해도 우리를 막을 순 없소. 삼비가 모습을 드러낸 것으로 맹세는 무용지물이 되었으니까."

"하면 어찌하실 생각이시오?"

"우리로선 저들이 양패구상을 한다 해도 아쉬울 것 없소. 어디 마음대로 싸워보라지? 그동안 우리는 은천령 놈들이나 때려잡을 테니까."

냉정하게 결정을 내린 공손무곡이 심악에게 물었다.

"심악, 운평의 위치를 알아냈다고?"

"예, 대공. 칠성장에서 멀지 않은 연풍이라는 곳에 있다 합니다."

공손무곡이 고개를 돌려 금우경을 응시했다.

"금 원주가 놈을 만나서 담판을 지으시오. 대가는 얼마가 들어도 상관없소."

"알겠소이다."

"만약 끝까지 우리 조건을 받아들이지 않고 천화궁을 도우려 하면, 계획대로 처리하시오."

금우경은 굳은 표정으로 고개를 끄덕였다.

그 일이 쉽지 않다는 걸 누구보다 그가 잘 알았다. 그러나 하지 않을 수도 없었다.

"그리하지요."

*   *   *

사운평은 집작에 있는 무림맹에도 위지강을 보냈다. 무림맹에는 달랑 서신만 보낼 수 없었다.

정보에 대한 대가를 흥정해야 하니까.

위지강이 대정을 객잔으로 불러내서 협상했다.

"문주가 천 냥 이하로는 받지 말라 하셨소."

그는 일단 사운평 이름을 팔아먹었다. 사운평을 따라다니다 보니 그도 이제는 장사꾼이 다 되어 있었다.

돈에 대한 개념이 희박한 대정은 오직 정보에 대한 가치만 생각했다.

사형제들의 복수를 할 기회다. 금자 천 냥이 대수랴!

"아미타불. 장로님께 말씀드려보겠소이다."

"믿지 못하겠다면 증서를 써서 줘도 되오. 사실이라는 게 밝혀진 후 대금을 지급한다면 귀 맹에도 큰 부담이 없을 거요."

대정은 즉시 무림맹 정검령주인 백양대사를 찾아갔다.

"그게 사실이냐?"

"예, 장로. 대금을 지급하겠다는 증서를 써주면 장소를 알려주겠답니다."

지금 돈이 문제인가?

금자 천 냥이 적은 돈은 아니지만, 소림에 큰 부담이 될 정도는 아니었다.

더구나 혼자 내는 것도 아니지 않은가.

백양대사는 즉시 무당의 청원도장과 화산의 진성자를 만나 대정의 말을 전했다.

청원도장이 반색하며 당장 쫓아갈 것처럼 설쳤다.

"왕옥산의 무덤에 들어간 제자들이 놈들 때문에 백 명 이상 죽었소이다. 당장 공격해서 복수를 합시다!"

그와 달리 진성자는 신중을 기했다.

"일단 그 정보가 사실인지부터 알아봐야하지 않겠소?"

그러나 왕옥산 무덤에서 직접 당해본 적이 있는 백양대사는 기다릴 마음의 여유가 없었다.

"아미타불, 알아냈을 때 치지 않으면 그만큼 기회가 줄어들 거요. 자칫하면 좋은 기회를 놓칠 수 있으니, 무사들부터 소집합시다. 정보의 진실 여부는 그동안 알아보면 될 것 아니오?"

진성자도 그것까지는 반대하지 못했다.

"좋습니다. 그럼 일단 천해문에 정보를 넘겨 달라 하지요."

*   *   *

봄바람이 거세게 불어대던 날.

소죽원에서 나직한 노성이 흘러나왔다.

"너 하나의 판단 잘못으로 얼마나 많은 아이들이 죽은 줄 아느냐?"

"놈은 두 호법조차 당해 내지 못할 정도로 강했습니다. 그런데 어찌 저만 탓하십니까?"

"정말 사운평이 그런 놈이었다면 너는 숨죽인 채 때를 기다렸어야 했다. 그런데 그러지 못했어."

"저더러 겁쟁이처럼 굴란 말입니까?"

"령을 위해서 그 정도도 못할 거면 나서지를 말았어야지."

수연평의 목소리가 차가워졌다.

운양도 더 이상 토를 달지 않았다.

그의 이사형인 수연평은 그의 편이었다. 그러나 령과 관련된 일에서만큼은 냉정했다.

"연혼곡으로 가라. 패왕의 아이들이 준비를 마치고 대기하고 있을 것이다. 그들을 지휘해."

"알겠습니다. 그렇게 하지요."

운양은 불만이 많았지만 순순히 받아들였다.

사람들은 모른다. 연혼곡이 어떤 곳인지.

심지어 수연평도 잘 알지 못한다. 그는 연혼곡에서 자라지 않았으니까.

하지만 자신은 철이 든 이후부터 연혼곡에서 자란 사람이다. 무려 이십수 년 동안.

연혼곡의 제자들만 끌어들일 수 있다면 자신의 꿈을 다시 시작할 수 있으리라.

'사형이 아무리 그래도 나는 겁쟁이처럼 지낼 생각이 없소.'

수연평은 운양의 마음을 짐작하고도 아무런 말을 하지 않았다.

'그곳에 가면 자신을 돌아볼 기회를 가질 수 있을 거다. 네가 스스로 택한 길이니 나를 원망하지 마라, 사제.'

*   *   *

사운평은 손바닥만 한 책자에 수금 상태와 각자의 몫을 정리하며 흐뭇한 웃음을 지었다.

소청의 정보로 며칠 사이 금자 이천 냥을 더 벌어들였다.

자신의 몫이 이 할, 연연이와 호우도 오 푼씩 책정되었다.

합해서 삼 할이면 금자 육백 냥이다.

천화궁과 거래하며 번 돈 오천 냥 중 따로 챙긴 돈만 해도 이천 냥이나 되고.

그사이 강호는?

'내가 뭔 상관이야?'

"흐흐흐, 연연아. 이러다 우리 황금에 깔려죽을 정도로 부자가 되겠다."

"벌어들인 돈의 절반을 광운사에 보내기로 결정한 건 정말 잘한 일이에요."

사운평은 정주의 광운사에 자신이 번 돈의 절반을 보내서 운오대사로 하여금 좋은 일에 쓰라고 했다.

낙양에 있을 때 번 돈은 진즉 보냈고, 지금 벌어들이는 돈도 그렇게 할 작정이었다.

도도 누나 때문에 내린 결정이었다.

물론 지옥보다는 극락에 가고 싶어 하는 마음도 조금은 작용했고.

자신의 손에 죽은 사람이 얼마나 많은가. 좋은 일을 하면 그 죄가 조금이라도 덜어지지 않을까? 그런 마음.

하지만 워낙 많이 벌다 보니 그렇게 써도 엄청난 돈이 남았다.

"흐흐흐, 내가 한 생각이지만 정말 멋진 결정이었어."

"근데 오빠, 그 웃음소리 좀 바꾸면 안 돼요?"

"왜, 듣기 싫어?"

"싫은 건 아닌데, 기왕이면 기품 있게 웃는 것이 남 보기에도 좋잖아요."

"음하하하, 알았어. 그럼 바꿀게."

조금은 방정맞게 느껴지는 웃음소리.

그래도 전보다는 나았다.

"오빠. 천의산장과 무림맹이 연혼곡을 치면 은천령도 모습을 드러낼 수밖에 없겠죠?"

"그럴 거야. 정체가 드러났으니 이제는 숨어서 싸울 수도 없거든."

"그럼 오빠 생각에는, 연혼곡 쪽에서 큰 피해를 입게 될 경우 저들이 어떻게 나올 것 같아요?"

"이판사판으로 나오겠지."

"제 생각도 그래요. 아마 단숨에 끝장을 보려고 할지도 몰라요."

"건곤일척의 승부를 노릴지도 모른단 말이지?"

"바로 그거예요. 그럴 경우 엄청난 싸움이 벌어질 거예요."

"맞아. 각 세력에 숨어 있던 자들까지 모두 움직이면…… 천하가 뒤집어질지도 모르지."

무심코 이야기를 나누던 사운평과 이연연의 표정이 굳어졌다.

대화를 나누다 엉겁결에 나온 이야기였다.

문제는 실제로 그런 일이 벌어질 가능성이 농후하다는 것이다.

그리고 더 큰 문제는, 은천령의 숨겨진 힘이 얼마나 되는지, 각 세력에 저들의 힘이 어느 정도 숨겨져 있는지 아무도 모른다는 것이다.

"어쩌면 신궁에도 저들의 간자가 숨어 있을 거예요."

"무림맹에도 있다고 봐야겠지."

"그것도 고위 간부겠죠."

"적어도 내부를 뒤흔들 정도의 힘은 지녔다고 봐야할걸?"

천화궁의 예만 봐도 분명 그러할 것이다.

"그들만 찾아낼 수 있다면 은천령도 마음대로 못 할 거예요."

"신궁과 무림맹이 우리말을 믿을까?"

무림맹은 일단 말이라도 해볼 수 있다. 믿고 안 믿고는 그들이 선택할 일이고.

그러나 신궁은 믿지도 않을 것이거니와 말을 꺼내기도 전에 죽이려들지 모른다.

그래도 이연연은 포기하지 않았다.

"일단 해 보고 나서 포기해도 안 늦어요."

"근데…… 무료봉사로 해 줄 순 없잖아?"

"당연하죠. 작은 금액이면 몰라도, 건수가 크잖아요."

'쿵' 하면 '짝'이다.

사운평의 눈빛이 번들거렸다.

"그렇지? 그럼 청부금은 얼마로 정할까?"

"한 곳 당 이천 냥 정도면 어때요? 간자를 처리하는 비용은 따로 받고요."

"무림맹은 이천, 신궁은 오천, 어때?"

"하긴 신궁은 더 받아야겠네요. 그렇게 해요."

결정을 내린 사운평은 고개를 돌리고 밖을 향해 소리쳤다.

"연홍아!"

하지만 기다려도 조연홍의 대답은 들리지 않았다.

*　　　*　　　*

"그들은 저 안쪽의 작은 장원에 있습니다, 원주."

금우경은 밀각의 수하가 가리킨 곳을 바라보았다.

깊은 계곡에 거짓말처럼 아름다운 마을이 있었다.

강호를 떠나 저런 곳에서 평생을 보냈으면 싶은 마음이 들 정도.

'조용하게 끝나면 좋으련만……'

그는 모두 마흔네 명을 대동했다. 장로인 철환신검 석군청과 칠혈공(七穴恐) 은무동, 칠원성군 중 탐랑군과 무곡군, 의천대 열과 청운검대 중 서른.

고민하던 금우경은 태을장에 의천대만 데리고 가기로 했다.

"의천대만 나를 따라오고, 나머지는 여기에서 대기하도록."

"괜찮겠습니까?"

고경천이 물었다.

"너무 걱정 말게. 그가 어리석지 않다면 어느 쪽을 택하는 게 현명한지 잘 알 테니까."

금우경은 담담히 말하고 마을을 향해 걸음을 옮겼다.

태을장으로 가는 중에 수많은 생각이 떠올랐다가 지워졌다. 사운평과 마주쳤던 몇 번의 상황도 주마등처럼 스쳐 갔다.

솔직히 그도 자신할 수 없었다.

'놈은…… 괴물이야.'

도저히 속을 가늠할 수 없는 괴물.

그런데 또 한 가지 문제가 그의 신경을 건드렸다.

'대공이 놈을 경쟁자로 생각하기 시작했어.'

어이없는 일이다. 천의산장의 대공이 일개 청부업자를 경쟁자로 여기다니.

어쩌면 공손무곡은 인정하지 않을지도 모른다. 그러나 자신이 지켜본 바에 의하면, 공손무곡은 질시에 가까울 정도로 강한 경쟁심을 품고 있었다.

'후우, 일단 만나 보고 나서 결정하자.'

조연홍은 언소소와 함께 장원 밖을 거닐고 있었다.

봄이어서 날씨도 따뜻했고, 사운평의 얼굴도 보이지 않으니 마음이 그렇게 편할 수 없었다.

게다가 소소도 슬며시 잡은 손을 빼지 않고 있으니 허공에 붕 뜬 기분이었다.

'소소와 나는 정말 잘 어울려.'

도둑놈과 사기꾼 손녀. 정말 멋진 한 쌍이 아닌가.

"응? 연홍 오빠, 저기 오는 사람들 누구죠?"

조연홍이 한껏 하늘을 날고 있을 때 언소소가 말했다.

고개를 돌린 조연홍은 저 멀리서 다가오는 사람들을 보고 그 좋던 기분이 바닥까지 떨어졌다.

"엇? 저 인간들은……?"

즉시 태을장으로 돌아간 조연홍은 앞뒤 가리지 않고 사운평의 방문을 열었다.

"대형!"

이연연과 바짝 붙어 있던 사운평이 화들짝 놀라서 휙 고개를 돌렸다.

"연홍, 너 죽을래? 왜 기척도 내지 않고 방문을 갑자기 열어? 그냥 밖에서 말해도 들리는데."

"검종이 오고 있습니다, 대형!"

"뭐?"

"곧 도착할 거 같아요."

"정말이지?"

"제가 왜 거짓말을 해요? 지금 천의산장 무사들을 대동하고 마을 어귀에 들어섰다니까요."

사운평은 조연홍의 다급한 표정을 보고 자리에서 일어났다.

"조심해요, 오빠."

이연연이 침중한 표정으로 말했다.

"걱정 마. 별일 없을 거야. 그래도 혹시 모르니까, 너는 호우 형하고 여기 있어."

"어쩌면 오빠에게 뭔가를 요구할지 몰라요."

"하라지 뭐."

입술을 비튼 사운평은 짧게 대답하고 방을 나서며 호우를 불렀다.

"호우 형."

옆방에서 호우가 어기적거리며 나왔다.

"어."

"연연이하고 같이 있어."

시무룩하던 호우의 얼굴이 아침 햇살처럼 밝아졌다.

"알았어! 헤헤헤."

금우종과 의천대 무사들이 장원을 향해 다가오자, 고한사가 빽 소리쳤다.

"여기가 자네들 놀이터인 줄 알아? 밖에 나가서 이야기 나눠!"

"그러죠 뭐. 혹시 모르니까, 어르신은 저 안쪽에 숨어 계세요."

사운평은 어깨를 으쓱 추켜올리며 말하고 정문으로 향했다.

북야진 남매와 위지강, 예리상, 조연홍 등 젊은 사람들이 먼저 나섰다. 그 뒤를 막귀붕과 궁탁이 따라갔다.

나머지 사람들은 장원 안에 남아서 만약의 상황을 대비했고.

사운평이 정문을 나설 즈음, 서쪽 하늘에서 묘한 형태의 구름이 밀려왔다.

꼭…… 개 같았다. 솥단지 속에서 날뛰는 사냥개.

*   *   *

태을장 정문에서 십여 장 떨어진 곳.

사운평과 금우경이 각자의 일행을 뒤에 놓고 이 장 정도 거리를 둔채 마주섰다.

"웬일로 여기까지 오셨수?"

"대공께서 전하라는 말씀이 있으셨네."

"우문호 장로는 아직도 산장에 있수?"

사운평이 지나가는 말처럼 가볍게 물었다.

금우경이 무심코 대답했다.

"지금 진성에 있네."

"그랬군요. 어디, 왜 찾아왔는지 말해 보쇼."

"어차피 시간을 끌 이유는 없겠지. 간단히 말하겠네. 계약이 끝날 때까지 우리와의 계약에만 집중해 주게."

"그럴 거면 처음부터 독점으로 계약했어야죠."

"이제라도 계약을 수정하지. 얼마를 더 원하나?"

금우경의 입에서 그 말이 떨어지자, 사운평은 금우경을 지그시 응시하며 답했다.

"얼마 전에 누구에겐가 비슷한 말을 들었죠. 그때 제가 얼마를 이야기했는지 아십니까?"

"말해 보게."

"백만 냥. 금자 백만 냥을 달라고 했죠."

금우경은 어이가 없어서 입이 반쯤 벌어졌다. 뒤에 서 있던 사람들도 석상이 된 것처럼 몸이 굳었다.

'저놈이 미쳤군!' 그런 표정으로 바라보며.

그런데 사운평이 피식 웃으며 손을 저었다.

"아아, 너무 놀라지 마쇼. 그냥 그자에게 장난 한번 쳐본 거니까."

금우경은 갑자기 머리가 뜨겁게 달아올랐다.

"설마 제 말을 진심으로 알아들은 건 아니겠죠?"

그 말에는 눈초리마저 파르르 떨렸다.

그래도 몇 번 당해 봐서인지 감정을 바로 추슬렀다.

"농담하려고 온 것 아니네. 실제로 받을 금액을 말해 보게."

사운평이 말했다.

"십만 냥."

"……!"

"어떻습니까? 그 정도면 적당할 것 같은데."

"십……만 냥? 물론 금자겠지?"

이번에는 수염이 떨렸다.

언뜻 보면 바람에 흔들리는 것처럼 보였다. 하지만 자세히 보면 턱과 입술이 떨리는 바람에 수염까지 떨리는 것이었다.

"당연하죠."

"자넨 정말 내 인내심을 극한까지 시험하는군."

"너무 많습니까?"

"계약 금액에 금자 만 냥을 더 얹어주지."

"그럼 합이 이만 냥이군요."

그게 아니다. 오천 냥은 어차피 은천령의 수뇌부를 처리해 주는 대가니 빼야 한다.

하지만 금우경은 금전 때문에 더 다투고 싶지 않았다.

"좋아, 그렇게 하지."

"어? 누가 그렇게 한다고 했습니까? 만 냥 더 주시면 합이 이만 냥이라는 거죠."

"이이이……!"

금우경의 옷자락과 머리카락이 펄럭였다.

바람이 조금 세게 불지만, 결코 그 때문이 아니었다.

분노가 솟구친 그는 눈을 치켜뜨고 공력을 끌어올렸다.

뒤쪽에 서 있던 의천대도 금우경의 마음을 짐작하고 무기에 손을 얹었다.

그때였다.

"좋습니다! 한두 번 거래한 사이도 아닌데, 저도 양보하죠. 만 냥만 더 쓰십쇼."

"만 냥을 더 달라고? 네가 지금 감히 나를 놀리려……."

금우경이 입술을 파르르 떨며 분노에 찬 목소리로 말했지만, 사운평은 끄떡도 하지 않았다.

"이거 왜 이러십니까? 그 돈, 금 원주께서 내실 겁니까?"

"뭐, 뭐야?"

"어차피 돈은 대공께서 내실 거 아닙니까? 은천령을 무너뜨리면 그 정도 돈이야 저절로 생길 텐데, 뭘 아까워하십니까?"

턱까지 내밀고 적반하장으로 몰아붙이는 사운평이다.

금우경은 어이가 없어서 말문이 막혔다.

"……."

"대공께선 얼마가 들어가든 협상을 하라고 하셨을 것 같습니다만. 안 그렇습니까?"

귀신같은 놈!

혹시 대공 곁에 이놈의 첩자가 있는 것 아닐까? 그런 의심이 들 정도다.

금우경의 분노가 빠르게 식었다. 뜨겁게 달아오른 가슴이 이제는 서늘하게 느껴질 판이었다.

삼만 냥. 엄청난 거액이지만 감당 못할 정도는 아니다.

게다가 사운평의 말대로 은천령을 무너뜨린다면 그 정도 금액이야 어려울 것 없다.

금우경은 빨리 매듭을 짓기 위해서 사운평의 제안을 받아들이기로 했다.

"좋아, 받아들이지."

"하하하, 과연 화끈하시군요."

"단, 앞으로는 다른 세력을 위해 일을 해선 안 된다."

"독점 계약이니 그 정도 조건은 받아들여야죠."

"또한 어떤 일이든 항상 우리와 함께 상의해야만 한다."

금우경이 계속 조건을 달자, 사운평이 이마를 찌푸렸다.

"그럼 청부 외의 일도 천의산장과 상의해야한단 말입니까?"

"당연한 일 아니냐? 그래야 네가 허튼짓을 하지 않는다는 걸 믿지. 그 일을 위해서 이곳에 우리 쪽 사람을 남겨 놓을 생각이다."

"그건 싫은데요."

"싫다?"

"금자 삼만 냥에 하수인이 될 생각은 없수. 본 문의 문도들도 원하지 않을 거고."

사운평의 뒤쪽에 서 있던 천해문 사람들이 일제히 고개를 끄덕였다.

빚이 있는 낙수교와 보증인 막귀붕을 제외하면 누구도 돈에 연연하지 않았다. 지금까지 벌어놓은 돈만 해도 평생 다 쓰지 못 할 테니까.

그런데도 그들이 남아 있는 이유는…… 우습게도 사운평 때문이었다.

저 인간의 끝이 어디인지 보고 싶다는 마음이랄까?

한편으로는 정도 들었고. 미운 정인지 고운 정인지 헷갈리지만.

"게다가 나는 나를 믿지 않는 사람과는 일하지 않수. 금 대협이 나를 믿지 못해서 사람을 남겨 놓겠다면, 그럴 필요 없이 그냥 데리고 가죠. 계약은 없던 일로 하죠."

금우경의 얼굴이 벌겋게 상기되었다.

"네가 끝까지 고집을 피우면……."

그때였다.

사운평이 홱 고개를 돌려서 태을장 쪽을 바라보았다.

동시에 태을장 안쪽에서 고함이 터져 나왔다.

"너희들 뭐야!"

호우의 목소리.

뒤이어 음습한 살기가 충천했다.

다시 고개를 돌린 사운평이 금우경을 노려보았다.

"함께 온 사람들이오?"

한겨울 서리보다 더 차가운 목소리.

금우경이 당황한 표정으로 고개를 저었다.

"그들에겐 계곡 쪽에서 기다리라고 했는데……."

순간, 눈앞에 있던 사운평이 사라지는가 싶더니, 태을장 쪽으로 날아갔다.

천해문 사람들도 그를 따라 다급히 신형을 날렸다.

금우경은 갑작스러운 일에 어안이 벙벙했다.

"이, 이게 어떻게 된 거지?"

뒤에 서 있던 자들 중 사십 대 중년인이 급히 다가왔다.

"우리 쪽 사람들은 아닙니다, 원주."

그럴 것이다. 그들이 자신의 명령을 어기고 장원을 공격할 리 없다.

그렇다면 또 다른 적이 나타난 건가?

언뜻 '천의산장'이라는 말이 들리는 듯했다.

안색이 급변한 금우경이 태을장 쪽으로 걸음을 옮겼다.

"안송, 모두 이곳으로 데려와라. 나머지는 나와 함께 안으로 들어간다."

＊　　＊　　＊

사운평이 금우경과 협상을 벌이던 그 시각.

저 멀리 칠성장이 보이는 언덕 위에서는 상관종산이 검지를 뻗어 정면을 가리켰다.

"백군맹이 좌우를 공격하게. 정면은 우리가 맡겠네. 종수, 무룡대가 선봉에 선다."

무심한 표정으로 머리카락을 휘날리고 있던 상관종수가 공수의 예를 취했다.

"예, 궁주."

철무궁도 정광이 번뜩이는 눈으로 전면을 보며 대답했다.

"알겠소이다, 궁주. 한데 천의산장 쪽에선 아무런 대답도 없소이까?"

"다른 급한 일 때문에 당장은 대규모 전력을 움직일 수 없다고 하더군."

"빌어먹을! 변죽만 울려 줘도 큰 힘이 될 텐데……."

"할 수 없지. 우리 힘으로 하는 수밖에."

"그들은 우리가 양패구상하길 바라고 있을 거요."

"하긴 그럴지도 모르지. 철 맹주, 오늘 놈들을 물리치고 코가 삐뚤어지도록 마셔보세."

"그거 좋지요!"

철무궁이 호탕하게 대답했다.

어찌 즐겁지 않을까. 그리되면 자신의 꿈도 한발 더 나아가게 될 텐데.

그의 마음을 알 리 없는 상관종산은 힘차게 명령을 내렸다.

"가자! 가서 천화 위에 구양이 있음을 알려라!"

상관종수가 이끄는 무룡대가 당당히 어깨를 펴고 칠성장을 향해 걸음을 옮겼다.

신궁의 정예 무사 삼백이 그 뒤를 따르고, 백군맹과 산서의 무사들이 각기 이백씩 좌우로 퍼졌다.

봄바람이 산들산들 불던 날, 칠백 무사가 칠성장을 향해 내달렸다.

저 멀리서 푸른 물결이 해일처럼 밀려든다.

동방환은 전각 이 층에서 그 광경을 바라보며 냉소를 지었다.

"놈들이 옵니다, 아버님."

"그래, 들개 떼처럼 몰려오는구나. 준비상황은?"

"교하가 만든 오행연환진세를 형성하고 놈들이 오기만 기다리고 있습니다."

"귀혼문은 어느 쪽에 배치되었느냐?"

"동쪽의 목(木) 방위에 배치했습니다. 적의 공격이 시작되면 우측면을 공격하게 될 겁니다."

"으음, 그래? 그런데 수아가 안 보이는구나. 어디 갔지?"

"한 시진 전에 외곽의 대비상태를 점검하러 간다고 했습니다."

동방환은 무심코 대답하다 이마를 찌푸렸다.

이 사이에 뭔가가 낀 것처럼 찝찝했다.

'이상하군. 셋째뿐만이 아니라 장로들도 몇 사람이 아까부터 보이지 않아.'

하지만 깊게 생각할 시간여유가 없었다.

신궁과 백군맹 무사들이 백 장 안쪽으로 진입하고 있었다.

손에 든 무기가 햇빛을 반사하자 마치 은빛 물결이 밀려드는 듯했다.

第六章

위기의 순간

　신궁과 백군맹 무사들이 칠성장을 향해 노도처럼 밀려갈 즈음, 청의인 이십여 명이 태을장의 뒷담을 넘었다.

　넓은 별원의 정원을 가로지른 그들은 곧장 방 안을 뒤졌다.

　밖에서 나는 소리를 듣고 방문을 연 호우가 청의인들을 발견하고 소리쳤다.

　"너희들 뭐야!"

　청의인들은 아무런 대답도 없이 호우를 향해 달려들었다.

　"연연아! 내 뒤에 있어!"

　호우가 이연연의 앞을 가로막고 침입자를 상대했다.

　이연연도 한쪽에 있는 검을 재빨리 집어 들었다.

　그때 앞쪽에 있던 언송초와 갈원도 별원에서 나는 이상한 소리를 듣고 달려왔다.

"웬 놈들이냐!"

언송초가 침입자들을 향해 소리쳤다.

"오라, 이제 보니 천의산장 놈들이구나!"

갈원이 침입자의 정체를 눈치채고 눈을 치켜떴다.

청의인들은 일언반구도 없이 두 사람을 공격했다.

"뭐, 뭐야, 이 새끼들?"

청의인들과 두어 수 부딪쳐본 언송초는 경악을 금치 못했다.

절정고수인 그가 청의인 둘을 감당하기 힘들 지경이다.

멋모르고 무작정 공격했던 그는 청의인들의 강한 반격에 하마터면 싸움을 시작하자마자 피를 볼 뻔했다.

자존심이 상한 그는 화가 머리꼭대기까지 솟구쳤다.

"이 개자식들! 협상을 하는 척하면서 뒤통수를 쳐? 어디 한번 누가 죽나 보자!"

바로 그때, 냉랭한 코웃음소리와 함께 몇 사람이 마당에 나타났다.

"흥! 이연연, 오늘은 도망갈 수 없을 거다."

백의청년과 흑의중년인 다섯.

그중 백의청년을 본 이연연의 얼굴이 창백해졌다.

공손건. 바로 그였던 것이다.

"소공……."

"네년을 잡아가서 평생 내 발바닥이나 핥게 만들 거다. 저 계집을 잡아!"

청의인 서너 명이 이연연의 방으로 접근했다.

그들의 눈빛에는 아무런 감정도 없었다.

청동처럼 거무스름한 안색은 마치 얼굴에 가면을 쓴 듯했고.

"연연이를 다치게 하는 놈은 죽인다!"

노성을 내지른 호우의 머리카락이 사방으로 뻗쳤다.

묵빛으로 물든 눈빛, 그의 전신에서 가공할 기운이 흘러나왔다.

천살기가 폭주한 것이다.

"오늘만큼은 네놈도 저 계집을 지킬 수 없을 거다!"

공손건이 냉랭히 소리침과 동시, 그의 뒤쪽에 서 있던 흑의중년인 넷 중 둘이 청의인들의 머리를 넘어서 호우를 향해 날아갔다.

"놈은 우리가 맡겠다."

"얼마든지 와 봐!"

본능적으로 상대의 강함을 느낀 호우가 으르렁거리며 두 사람을 향해 정면으로 부딪쳐갔다.

그러나 두 사람은 칠원성군과 비교해도 뒤지지 않는 절정고수들이었다.

도끼도 없는 그는 두어 수만에 수세에 몰렸다. 천살기의 가공함이 호신지기를 형성하지 못했다면 그사이 사지 중 두어 개는 잘렸을 것이었다.

문제는 이연연이었다.

호우가 두 흑의중년인으로 인해 움직이지 못하자 청의인들이 방으로 진입하려 했다.

이연연은 자신이 지닌 모든 실력을 쏟아 냈다.

일취월장한 그녀의 무공은 절정고수조차 함부로 상대하기 힘들 정도였다.

청의인 둘이 합세하고도 잡기는커녕 그녀에게 빠져나갈 구멍만 만들어 줬다.

그녀는 일초 삼식의 낙화검법을 현란하게 펼쳐서 청의인을 밀쳐 내고 재빨리 방에서 나갔다.

"계집이 제법이구나!"

또 다른 청의인들이 그녀를 향해 달려들었다.

섬전처럼 날카로운 검세가 그녀를 향해 소나기처럼 쏟아졌다.

숨 쉴 틈 없는 공격.

이를 악문 이연연은 전력을 다해서 상대의 공격을 막았다.

그러나 공손건이 데려온 자들은 너무 강했다.

일대일이라면 어떻게 해볼 수 있을까, 그녀의 실력으로는 아직 두 사람을 상대하는 것조차 힘들었다.

'조금만 버티면 돼! 그럼 오빠가 올 거야!'

공손건이 움직인 것은 그때였다.

"아무도 너를 구해 주지 못한다, 이연연!"

냉소를 지으며 몸을 날린 그가 이연연을 향해 일장을 내쳤다.

*   *   *

사운평은 정문을 통하지 않고 곧장 담장을 날아서 넘으며 별원 쪽으로 향했다.

그가 별원의 건물 사이를 지나 마당 쪽에 이르렀을 때 비명이 터져 나왔다.

"아악!"

날카로운 여인의 비명. 이연연의 입에서 터져 나온 비명이다.

"연연아아아!"

사운평이 악을 쓰며 마당으로 들어섬과 동시, 한쪽에서 가공할 기의 폭풍이 휘돌았다.

"다 죽인다!"

지옥에서 울리는 분노의 외침!

기의 폭풍은 호우를 중심으로 휘돌고 있었다.

그를 공격하던 청의인 셋이 폭풍에 휘말려서 맥없이 튕겨 나갔다.

청의인 하나는 호우의 가슴에 검을 꽂으려다 실패하고 호우의 손에 잡혔다.

쫘아악!

호우는 청의인의 양팔을 잡고 버드나무가지 찢어내듯이 찢어 버렸다.

"끄아아악!"

청동빛 얼굴의 청의인 입에서 처절한 비명이 터져 나왔다.

피가 폭발하듯이 튀고, 한쪽 팔이 어깨에서 뼈를 드러내며 찢겨졌다.

소름 끼치는 광경.

무표정하던 청의인들조차 얼굴이 일그러진 채 분분히 뒤로 물러섰다.

그러나 나중에 가담한 흑의인들은 조금도 흔들리지 않고 호우를 공격했다.

호우는 오른손에 잡고 있던 청의인의 팔을 무기처럼 휘둘러서 그들에 맞섰다.

그사이 사운평이 이연연의 곁으로 날아갔다.

공손건은 사운평이 나타난 걸 보고 악을 썼다.

"저놈을 막으시오!"

흑의중년인 둘이 사운평을 막아섰다.

사운평은 눈을 치켜뜨며 두 손을 가슴 높이로 올렸다.

다른 것은 생각나지도 않았다. 오직 연연이를 구해야 한다는 일념 뿐.

공손건이 쓰러져 있는 이연연의 목에 검을 대고 있는 것이다.

"비켜! 개자식들아!"

욕설을 퍼부은 그는 처음부터 마라팔비천수를 펼쳤다.

고오오오오! 쩌저저적!

이전보다 위력이 더욱 강력해진 마라팔비천수는 두 흑의중년인이 펼친 시퍼런 검막을 산산이 부쉈다.

직후 가공할 마기를 품은 우수가 흑의중년인의 가슴에 벼락처럼 꽂혔다.

콰직!

손가락이 무두질한 가죽보다 질긴 살을 종잇장처럼 찢고 강철처럼 단단한 뼈를 두부처럼 으깨며 파고들어서 심장을 움켜쥐었다.

"끄억!"

흑의중년인의 눈이 튀어나올 듯이 커졌다.

순간적으로 사운평의 눈에서 묵광이 번뜩였다 가라앉았다.

이번에는 확실하게 느꼈다. 손가락 끝이 후끈 달아오르는가 싶더니 뜨거운 기운이 빨려 들었다.

반사적인 흡기!

상대가 강하게 반응할수록 흡기의 양도 커진다.

'역시 내 생각이 맞았어!'

사운평은 심장을 움켜쥔 오른손을 옆으로 휙 뿌려서 흑의중년인을 내던지고는 또 다른 흑의중년인을 덮쳤다.

키가 조금 작은 흑의중년인은 동료가 단 한 수에 당하자 대경했다.

게다가 사운평이 뿜어내는 마기에 압도당해서 오금이 저렸다.

반사적으로 검을 뺐었지만, 그런 검으로 어찌 악에 바친 마라팔비천수를 막을 수 있으랴.

쾅!

이 장이나 날아간 흑의중년인이 벽을 부수며 처박혔다.

눈 한 번 깜박이는 순간에 벌어진 일.

공손건은 자신의 눈앞에서 벌어진 일임에도 믿을 수 없었다.

천의산장 공손가의 가신, 사비령 중 최강이라는 천강령이 일수에 당하다니.

"어, 어떻게…… 마, 말도 안 돼……."

"공, 손, 건!"

사운평이 눈에서 시퍼런 불길을 일렁이며 공손건의 이름을 한 자,

한 자 불렀다.

부동명심천살공에 마기가 녹아든 목소리.

공손건은 그 목소리가 고막을 흔들자 영혼마저 울렁거렸다.

사운평은 그를 더욱 짓눌렀다.

"그 검을 치우지 않으면, 네놈의 사지와 목을 하나, 하나, 찢어서 죽일 것이다!"

공손건의 몸이 파르르 떨렸다.

전이었다면 사운평의 그 목소리를 이기지 못하고 주저앉았을지 모른다. 그러나 지금의 그는 예전의 그가 아니었다.

그는 입술을 질끈 깨물었다. 이가 입술을 뚫으면서 극렬한 고통에 머리끝이 쭈뼛 섰다.

순간적으로 정신이 든 그는 검을 잡은 손에 힘을 주었다.

"다가오지 마! 다가오면 이년의 목에 구멍이 날 것이다!"

"검을 치워, 개자식아!"

"정말 이년의 목에 구멍이 나는 걸 보고 싶으냐!"

공손건이 악을 쓰며 검을 슬쩍 밀었다.

검첨이 이연연의 목을 갈지자로 그었다.

그 순간 이연연의 몸이 가늘게 떨리고, 검첨이 파고든 곳에서 시뻘건 피가 흘러나왔다.

"멈춰! 개자식아!"

"흐흐흐흐, 그래도 이 계집의 몸에 상처가 나는 건 싫은가 보군."

분노가 극에 달한 사운평이 몸을 부들부들 떨었다.

"이 개만도 못한 놈이……!"

"아예 얼굴을 갈기갈기 찢어줄까? 그래, 그것도 좋겠군. 크크크크."

공손건이 음충맞은 웃음을 흘리며 이연연의 얼굴을 검면으로 문질렀다.

"이, 이 개새끼가 진짜!"

사운평의 두 눈에서 분노의 불길이 활활 타올랐다.

그사이 천해문 문도들이 마당에 당도했다.

"다른 놈들은 우리에게 맡기게! 언 선배, 뒤로 물러서요!"

막귀붕이 소리치고 청의인들을 공격했다.

언송초는 바닥을 거의 굴러다니다시피 하던 중이었다. 몸은 피로 물들었고, 한쪽 팔은 제대로 움직이지 않는지 나무 막대처럼 뻣뻣했다.

갈원과 낙수교도 좋은 모습은 아니었다.

그들 역시 청의인 둘을 감당하기 힘들었다. 단 몇 초 만에 자잘한 상처가 몇 군데 추가되어서 몸 이곳저곳이 피로 물든 상태였다.

그나마 서로를 등지고 싸워서 청의인들의 합공을 가까스로 버텨내고 있었다.

아마 과거 낙수교를 아는 사람들이 봤다면 자신의 눈을 믿을 수 없었을 것이다.

응전일마 낙수교가 다른 사람에게 등을 맡기고 싸우다니!

홍위는 바닥에 널브러져 있었는데, 천해문 사람들이 나타날 때까지도 손가락 하나 움직이지 않았다.

"아버지!"

예리상이 위기에 처해 있는 갈원을 향해 달려가며 검을 뺐었다.

그는 자신이 아직 뇌정삼검을 펼칠 공력이 안 된다는 걸 알면서도 무리를 했다.

번쩍! 하는 순간 섬전이 허공을 관통했다.

극쾌의 일검.

갈원을 공격하던 청의인이 대경해서 몸을 비틀었을 때는 한 줄기 벼락이 이미 그의 가슴을 파고드는 중이었다.

"켁!"

외마디 비명과 함께 청의인의 눈이 튀어나올 듯 커졌다.

예리상 역시 무리를 한 대가로 진기가 흔들리고 속이 울렁거렸다. 그러나 표를 내지 않고 다른 청의인을 향해 검을 틀었다.

"누구든 다가오는 놈은 구멍을 내주마!"

궁탁도 낙수교의 옆으로 날아들어서 쌍권을 폭풍처럼 휘둘렀다.

북야진과 북야설 역시 청의인들을 몰아붙였다.

그들의 검이 허공을 가를 때마다 서리가 내렸다.

두 사람은 미처 느끼지 못하고 있었지만, 그들의 무위는 단 몇 달 만에 벽처럼 느껴졌던 한계점을 넘어선 상태였다.

싸움이 난전으로 치달으며 곳곳에서 혈화가 피어날 즈음.

"멈춰라!"

금우경이 마당으로 들어오며 소리쳤다.

그는 경악과 분노가 뒤섞인 표정으로 공손건을 바라보았다.

"소공, 그 검을 떼고 뒤로 물러서게!"

공손각은 입술을 비틀었다.

"그럴 수 없습니다. 아니, 나는 절대 검을 떼지 않을 거요, 원주."

"소공!"

"원주는 저놈을 모릅니다. 저놈은 내가 이 계집의 몸에서 검을 떼면 당장 나를 죽이려고 할 겁니다."

금우경이 사운평을 바라보았다.

"소공이 물러나면 이쯤에서 끝내세. 피해를 따지자면 우리 쪽이 더 많지 않나?"

사운평은 이글거리는 눈으로 공손건만 노려보았다.

가슴속에서 분노의 덩어리가 활활 타올랐다. 뇌리에서는 마기가 당장 공손건을 죽이라며 날뛰었다.

그러나 이연연의 부상 상태가 심상치 않았다. 특히 다리에서 피를 너무 많이 흘리고 있었다.

그는 폭발 직전의 살심을 억지로 눌렀다. 마기 때문인지 쉽게 가라앉지 않았다.

금우경이 다시 그를 설득했다.

"자네도 알고 있지 않은가? 내가 의천대만 데려오지 않았다는 걸."

사운평이 공손건을 주시하며 말했다.

"그들도 이곳으로 오고 있겠군."

"맞네. 지금 오고 있네."

"그래서, 지금 협박하는 거요?"

"협박이 아니네. 적당히 끝내자는 거지."

"저 개자식이 연연이에게 무슨 짓을 하고 있는지 안 보이쇼? 저걸 보고도 나더러 참으라고?"

그때였다.

사운평이 이를 갈며 이연연의 이름을 들먹이자, 호우가 상대하던 청의인 둘을 날려 버리고 공손건을 향해 몸을 날렸다.

"연연아아아아!"

누가 막을 틈도 없이 공손건을 향해 날아간 그가 손에 들고 있던 청의인의 팔을 휘둘렀다.

살과 뼈로 된 팔에 천살기가 주입되어서 지금은 쇠몽둥이나 다름 없었다.

"죽어!"

천살기가 폭주해서 제정신이 아닌 그는 오직 공손건을 죽여야 한다는 생각뿐이었다.

"이 미친놈이!"

공손건의 눈빛이 세차게 흔들렸다.

이연연에게 검을 겨눈 채로는 무지막지한 호우의 공격을 막을 수 없다.

이연연을 죽인다 한들 자신이 죽으면 무슨 소용이랴.

'젠장!'

죽고 싶지 않은 그는 할 수 없이 이연연에게서 검을 떼고는 뒤로 주욱 물러섰다.

호우가 물러서는 그를 따라가며 청의인의 팔을 마구잡이로 휘둘렀다.

"죽어! 죽어!"

동시에 사운평이 그 자리에서 사라졌다.

콰광!

호우가 휘두른 팔과 공손건의 검이 부딪치며 살점이 터져 나갔다.

충격을 받은 공손건은 뒤로 주르륵 대여섯 걸음 밀려난 후 중심을 잡았다.

놀라운 일이었다. 그동안 무슨 일이 있었기에 천살기가 폭주한 호우를 정면으로 상대할 수 있을 만큼 강해진 걸까.

그럼에도 호우보다 사운평이 더 신경 쓰인 그는 이 장 정도 더 물러났다.

사운평은 그사이 이연연을 안고 안전한 곳으로 이동했다.

금우경도 뒤늦게 움직여서 사운평과 공손건 사이에 끼어들었다.

"모두 멈추게!"

공력이 실린 목소리가 태을장을 뒤흔들었다.

호우는 사운평이 이연연을 구한 걸 보고 더 이상 날뛰지 않았다.

하지만 그에게서는 여전히 광폭한 기운이 흘러나오고 있었다.

하늘로 솟구친 머리카락, 역팔자로 치켜 올라간 눈, 은은한 암흑의 묵기가 그를 중심으로 휘도는데 건드리면 금방이라도 폭발할 것처럼 보였다.

사운평은 일단 이연연의 상태부터 살펴보았다.

"연연아, 괜찮아?"

그가 묻자, 이연연이 눈꺼풀을 잘게 떨며 말했다.

"저, 저는 괜찮……."

절대로 괜찮지 않았다. 해쓱한 안색, 시뻘겋게 물든 다리와 어깨, 갈지자로 그어진 목. 거기다 내상도 가볍지 않은 듯했다.

사운평은 자신을 안심시키려고 억지로 말하는 그녀가 안쓰럽기만 했다.

바보같이! 다친 사람은 자신이면서!

"이제 안심해, 연연아. 저놈은 두 번 다시 너를 건드릴 수 없을 테니까."

사운평은 나직한 목소리로 말하고는, 고개를 들어서 무저의 해저처럼 깊고 차가운 눈빛으로 공손건을 바라보았다.

살심이 머리꼭대기까지 솟구쳤다. 마기가 들끓으며 아우성쳤다.

소름이 돋은 금우경이 황급히 소리쳤다.

"이연연부터 돌보게나!"

사운평의 눈빛이 흔들렸다.

그래, 개만도 못한 놈을 죽이는 것보다 이연연이 우선이다.

자신이 분노를 참지 못하고 날뛰는 바람에 치료시기를 놓친다면 천추의 한이 될 것이다.

겨우겨우 분노를 짓눌러 놓은 그가 잇새로 말했다.

"꺼져라, 공손건. 마음 같아서는 사지를 잘라서 죽이고 싶지만, 오늘은 그냥 보내주겠다."

"누구 맘대로 가? 나는 네놈과 그 계집을 순순히 놓아줄 생각이 없다!"

공손건이 충혈된 눈으로 사운평을 노려보며 악을 쓰고는, 금우경을 다그쳤다.

"원주님, 저놈은 이제 본 산장을 적으로 삼을 겁니다. 그런데도 그냥 놔둘 겁니까? 즉시 저놈을 잡으십시오!"

금우경으로선 난감한 일이었다.

협상이 틀어졌다는 것을 그도 모르지 않았다. 그러나 당장 적으로 돌아서자니 마음에 걸리는 게 한둘이 아니었다.

그가 망설이자 공손건이 다시 악을 썼다.

"원주님! 저놈을 그냥 놔둘 겁니까? 아버님께서 저놈이 반항할 경우……."

"소공!"

금우경이 다급히 소리쳐서 공손건의 입을 막으려 했다.

그러나 공손건이 비릿한 조소를 지으며 마저 말을 이었다.

"삶으라고 하셨죠. 사냥을 마친 사냥개처럼."

그러고는 사운평을 바라보며 히죽 웃었다.

"알아? 네놈은 결국 삶아질 운명이었어. 후후후."

"그런가? 재미있군."

사운평이 미소를 지었다. 그 미소가 얼마나 차갑게 느껴졌는지 조소를 짓던 공손건이 흠칫하며 자신도 모르게 한 걸음 물러났다.

그때 석군청과 은무동이 고경천과 번양, 청운검대를 대동하고 마당 쪽으로 진입했다.

"원주!"

"헛! 소공? 이게 어찌 된 일입니까?"

그들은 생각지도 못했던 상황에 눈이 휘둥그레졌다.

공손건이 더욱 기가 살아서 악을 썼다.

"모두 저놈을 공격하십시오!"

청운검대 무사들이 반원을 그리며 천해문 사람들을 에워쌌다.

"소공의 말을 듣지 말게! 이번 일의 수장이 나라는 걸 모르진 않겠지?"

금우경이 다급히 손을 저으며 말했다.

석군청과 은무동이 금우경과 공손건을 번갈아 보았다.

공손건이 다시 소리쳤다.

"저놈은 본 산장과 적이 되기로 작정한 자입니다! 망설일 것 없어요! 공격하십시오!"

"그만하게! 계속 그러면 대공께 오늘의 일을 직고할 수밖에 없네!"

"저놈은 이제 우리의 적입니다. 그런데 왜 놔두는 겁니까?"

왜냐고?

자신도 이유를 정확히 모른다. 굳이 말한다면 본능적인 불길함이랄까?

조금 전 사운평의 모습을 봤을 때 그런 느낌이 들었다.

강함을 예상하고 충분한 전력을 데려왔거늘, 그는 더 강해져 있다. 불길할 정도로.

"소공만 아니었다면 오늘 협상이 무사히 마무리되었을 거네. 그런데 소공 때문에 엉망이 되었어."

"어쨌든 이제는 적이 된 자 아닙니까? 놈을 잡으십시오! 이연연 때문에 마음대로 손을 쓰지 못할 겁니다!"

공손건이 악을 쓰든 말든 사운평은 금우경만 똑바로 응시했다.

"싸우겠다면 마다하지 않겠어. 나 역시 화가 나서 미칠 것 같거든. 하지만 싸우지 않을 거면 다들 꺼지쇼. 연연이를 치료해야 하니까."

"정말 건방진 놈이군."

은무동이 노한 표정으로 으르렁거렸다.

치켜뜬 눈매가 마치 비수 같았다. 거기다 텅 빈 듯한 눈에서는 바늘처럼 날카로운 기세가 번뜩였다.

"물러서게."

금우경이 그를 말렸다. 그러고는 사운평에게 말했다.

"소공의 말대로 그런 명령이 있었지. 하지만 협상을 거부했을 때의 이야기일 뿐이네."

"그러니까, 말을 듣지 않으면 나를 삶겠다? 훗, 그래도 내가 거부하겠다면?"

"끝까지 거부한다면…… 나로서도 어쩔 수 없네."

"내가 말이야, 돈을 좀 밝히긴 하는데, 협박에는 익숙하지 못하거든?"

"어리석은 사람은 아닌 줄 알았는데, 내가 잘못 알았나?"

"마누라 죽이려는 놈들과 손을 잡는 놈이 미친놈이지."

금우경이 천천히 검을 잡아 뽑았다.

"정 생각을 바꿀 수 없다면…… 아쉬워도 어쩔 수 없군."

천의산장 쪽 무사들이 다시 움직이기 시작했다.

천해문 사람들도 무기를 움켜쥐고 공격에 대비했다.

일촉즉발!

사운평은 안고 있던 이연연을 북야설에게 내밀었다.

발 빠른 조연홍이 있으면 그에게 넘기련만, 조연홍은 지금 언소소를 지키느라 마당에 없었다.

북야설이 그녀를 받아 들었다.

『여차하면 여길 빠져나가.』

전음으로 두어 마디 전한 사운평은 상천보리선공을 운용했다.

옷자락이 바람도 없는데 펄럭이고, 으스스한 느낌의 기운이 안개처럼 피어났다.

극도의 긴장감이 언제 깨질지 모르는 살얼음처럼 마당을 뒤덮었다.

"이제 시작해 볼까?"

사운평이 냉랭히 말하며 두 손을 가슴 높이로 천천히 들어 올리자, 금우경도 검을 사선으로 들었다.

바로 그때, 안채 쪽에서 냉랭한 노성이 터져 나왔다.

"멈춰라, 금우경!"

고개를 돌린 금우경과 공손건의 안색이 급변했다.

"영호 선배……."

낙일검제 영호명이 십여 명과 함께 마당으로 들어서고 있었다.

정확히 열일곱 명. 개중에는 육환과 양씨 형제도 있었고, 나머지도 역시 그들보다 약한 사람들이 아니었다.

아니 약하기는커녕 개중 둘은 영호명에게도 뒤지지 않는 명성의 고수들이었다.

그 두 사람을 알아본 금우경의 이마에 골이 파였다.

'검성 사공청우, 창천신도 호제문. 저들이 어떻게?'

그들만 온 것이 아니었다. 바깥쪽에도 적지 않은 자들이 온 듯했다.

"돌아가게. 가서 무곡에게 전해. 욕심이 과하면 많은 것을 잃게 될 거라고."

금우경의 눈빛이 흔들렸다.

승리를 장담할 수 없는 상황. 여차하면 자신들이 이곳에 뼈를 묻어야 할지 모른다.

'차라리 다행인지도 모르겠군.'

그러잖아도 사운평과 싸우는 게 영 께름칙했다. 이런 상황이라면 공손건도 더 이상 고집을 부리지 못할 터.

"알겠소, 영호 선배. 오늘은 그만 돌아가리다."

"원주님!"

공손건이 당황해서 금우경을 불렀다.

하지만 대놓고 공격을 재촉하지는 못했다.

이제는 적이나 다름없지만, 어릴 때 영호명을 조부처럼 따랐던 그로선 검을 마주하고 있는 것만으로도 부담이 되었다.

입술을 씹던 그는 결국 뒤로 몸을 날렸다.

"오늘은 운이 좋은 줄 알아라, 운평! 갑시다!"

살아남은 흑의중년인과 청의인들이 그를 따라 떠나갔다.

금우경도 검을 거두었다.

"내 말, 다시 한 번 생각해 보게."

"연연이가 많이 안 다쳤기만 바라쇼. 만에 하나 연연이에게 무슨 일이 있으면…… 진짜로 후회하게 될 거요."

*   *   *

홍위의 죽음으로 태을장의 분위기가 밑바닥까지 가라앉았다.

그러나 사운평은 그의 죽음을 애도할 마음의 여유가 없었다.

사람들이 서운하게 생각해도 어쩔 수 없었다. 연연이의 내상이 생각보다 깊은 것이다.

"정말 나쁜 놈이군. 검기를 흘려 넣어서 이 아이의 근맥 하나를 잘라 버렸어."

고한사가 잔뜩 화난 표정으로 말했다.

"별 이상은 없겠지?"

영호명이 초조한 표정으로 묻자 고한사가 째려보았다.

"내가 한 말 못 들었어? 그놈이 연연이의 다리 근맥 하나를 잘랐다니까?"

사운평의 얼굴이 창백해졌다.

"그, 그럼 어떻게 되는 겁니까?"

"어떻게 되긴? 다리 하나를 제대로 못 쓰는 거지."

"예? 그게 정말입니까? 정말 연연이가 다리를 못 쓰게 된단 말입니까?"

"왜 나에게 소리쳐? 내가 그랬나?"

"죄송합니다, 어르신."

"너무 실망하진 마. 심하게 절지는 않을 테니까."

"다, 다리를 전다고요?"

"그럼 어떡해? 당장 잘린 근맥을 붙일 수도 없는데."

"그 개새끼를……!"

분노가 솟구친 사운평의 몸에서 가공할 기운이 흘러나왔다.

고한사가 화들짝 놀라서 빽, 소리쳤다.

"이 아이를 아예 죽일 작정이냐? 나가 있어!"

천해문 사람들은 방에서 나온 사운평의 표정을 보고 아무 말도 하지 않았다.

공연히 말 한마디 잘못했다가 찍히면 평생 괴로울 듯했다.

"따라오지 마."

한마디만 남기고 마당을 가로지른 그는 정문을 향해 걸어갔다.

그리고 그대로 태을장을 나섰다.

그의 뒷모습을 바라보고 있던 조연홍이 후다닥 뒤를 따라갔다. 하지만 그가 정문 밖으로 나갔을 때는 사운평이 보이지 않았다.

"어? 어디로 갔지?"

*　　　*　　　*

언송초는 운명처럼 마주한 사공청우와 시선을 마주치지 못하고 먼 산만 바라보았다.

사공청우는 검성장의 고수 다섯을 대동하고 왔다.

설마 했는데 직접 오다니. 칠순이나 된 노인네가 아직도 기운이 넘치나보다.

"그래도 미안한 마음은 있나 보군."

"내가 뭐 약초꾼도 아닌데, 실수할 수도 있는 일 아니오?"

"자네가 설편자만 아니어도 그 말을 반은 믿었을 거네."

"사공 형도 사람 좀 믿고 사시구려."

"믿을 사람이 따로 있지, 강호제일의 사기꾼인 자넬 어떻게 믿나?"

"그 말은 잘못 됐소."

"뭐가 말인가?"

"나는 이제 강호제일의 사기꾼이 아니오."

"흥, 그럼 누가 강호제일의 사기꾼이란 말인가?"

"사공 형도 봤잖소?"

"내가 봤다고?"

"사운평. 그놈 말이오. 그놈에 비하면 나는 사기꾼도 아니오."

"이제는 멀쩡한 청년을 사기꾼으로 모는군. 역시 자넨 어쩔 수가 없는 사람이야."

"후우우, 그거 보쇼. 사공 형도 지금 그놈에게 속고 있잖소?"

"내가 속고 있다고?"

"사운평이 멀쩡한 청년으로 보이쇼?"

"사랑하는 여인을 위해서 뭐든 할 수 있는 사람 같더군. 그 정도면 도라지를 산삼으로 팔아먹은 자네보다 백배는 나은 청년 아닌가?"

언송초는 답답해 미칠 지경이었다.

"사공 형. 나는 기껏해야 사람을 상대로 말장난을 치는 정도지만, 그놈은 천하를 상대로 사기를 치는 놈이오. 그런데 내 어찌 그놈의 상대가 될 수 있겠소?"

"지나가던 개도 안 믿을 말 그만하게."

끝내 언송초가 감정을 참지 못하고 침을 튀기며 언성을 높였다.

"거, 정말! 이보쇼, 금우경이 왜 그냥 갔는지 아쇼!"

"그와 천의산장이 아무리 강하다 해도 우리가 나타났는데……."

"정파의 대협객들이 나타나서 물러갔다?"

"당연한 일 아닌가?"

"착각하지 마쇼. 그는 말이오, 사·운·평, 자칭 천해제일해결사! 바로 그놈과 싸우는 게 두려워서 물러난 것이오."

"말도 안 되는 소리네. 사운평이 강하다는 말은 들었지만, 검종 금우경이 어찌 그가 무서워서 그냥 간단 말인가?"

"싸워봐야 자신이 깨진다는 걸 아는데, 그럼 그냥 가야지 별수 있소?"

"금우경이 그에게 진다고?"

"전에 졌소. 아마 지금 붙으면 더 확실하게 깨질 거요."

"믿을 수가 없군."

사공청우가 이마를 찌푸리며 고개를 저었다.

그 모습을 보던 언송초의 눈빛이 묘하게 반짝였다.

"정 믿을 수 없으면 한번 붙어보시구려. 그럼 알 수 있을 테니까. 이런 말하긴 뭐하지만, 솔직히 영호 형이나 사공 형도 그를 이길 수 없을 거요."

순간 사공청우의 노안 깊숙한 곳에서 불꽃이 튀었다.

그 불꽃을 놓치지 않은 언송초는 속으로 쾌재를 불렀다.

'옳거니!'

그는 사공청우의 호승심이 알려진 것보다 훨씬 강하다는 걸 잘 알고 있었다.

이제 사운평에게 신경을 쓰다 보면 자신에게 사기 당한 도라지에 대해서 한동안 잊고 지내리라.

*　　　*　　　*

칠성장의 담장 안팎이 핏빛으로 물들었다.

피가 내처럼 흘렀고, 시신은 발 디딜 틈도 없이 대지를 뒤덮었다.

"으아악!"

"놈들을 막아!"

"크억!"

처절한 비명과 신음, 코를 찌르는 비릿한 혈향.

무사들은 살심을 주체하지 못했다.

피바다에 쓰러져 있는 형제와 친구, 동료, 가문의 어른들이 눈에 보이거늘 어찌 분노하지 않겠는가.

천화궁 무사도, 귀혼문 무사도, 신궁 무사도, 백군맹 무사도 마찬가지 마음이었다.

짙은 혈향에 분노와 원한마저 녹아들자 칠성장은 아비규환의 장이 되었다.

'어떻게 된 거냐, 수!'

동방환은 혈전 와중에도 혼란스러웠다.

싸움이 벌어지면 당연히 나타날 줄 알았던 동방수가 코빼기도 보이지 않았다.

그 바람에 백교하가 오행진을 응용해서 만든 오행연환진이 제대로 돌아가지 않았다.

그나마 귀혼문이 아니었다면 진즉 방위가 무너져서 엄청난 피해를 입었을 것이다.

전혀 예상치 못했던 일.

동방환은 의혹과 분노가 뒤범벅된 마음으로 적을 상대하면서 동방수의 행방을 찾아보았다.

동방수는 어디에서도 보이지 않았다.

도대체 어디로 갔단 말인가!

그런데 혈전이 절정에 달할 무렵, 저 멀리서 동방수의 모습이 보였다. 천화궁 무사 칠팔십 명이 그와 함께 달려오고 있었다.

"아우!"

"형님! 순찰 중 적의 포위망에 걸려서 빠져나오느라 늦었습니다!"

"이쪽은 걱정 말고 그쪽이나 잘 막아라!"

동방환이 소리쳤다.

동방수가 한쪽만 막아줘도 전황을 유리하게 이끄는 것은 어렵지 않을 듯했다.

"예, 형님! 모두 전력을 다해서 놈들을 막아라!"

그가 소리치며 적을 향해 달려들자, 동방환도 더욱 강력하게 적을 밀어붙였다.

그 바람에 그는 동방수의 입가에 떠오른 조소를 보지 못했다.

한편, 동방진과 상관종산은 막상막하의 격전을 벌이고 있었다.

두 사람이 싸우는 일대는 아무도 접근하지 못했다.

강기의 충돌로 구름처럼 일어난 기운에 휩쓸리면 인간의 육신으로는 견딜 수 없었다.

뜻밖의 상황이 벌어진 것은 두 사람의 격전으로 일대가 초토화되었을 때였다.

"궁주, 아무래도 안 되겠소! 다음을 기약합시다!"

동쪽에서 왕추당과 격전을 벌이던 철무궁이 뒤로 물러나며 소리쳤다.

동방진과 대결 중이던 상관종산은 생각지도 못했던 상황에 눈을 치켜떴다.

'저런 멍청한!'

그 와중에도 백군맹 무사 중 절반 이상이 철무궁을 따라서 물러섰다.

개중에는 단순히 물러섰을 뿐만 아니라 담장을 넘어서 도주하는 자들도 많았다.

내심 승리를 확신했던 상관종산은 어이가 없다 못해 머리가 터질 지경이었다.

잠깐 방심한 사이, 동방진의 극양 장력이 밀려들었다.

"어디서 한눈을 파는 것이냐, 상관종산!"

'빌어먹을!'

뒤늦게 자신의 실수를 깨달은 상관종산은 전력을 다해서 동방진의 공세를 막았다.

쾅!

일장 충돌과 함께 상관종산이 주르륵 물러났다.

중심을 잡은 그의 눈빛이 미미하게 흔들렸다.

한눈을 판 대가로 약간의 손해를 보았다. 더구나 철무궁이 후퇴한 이상 혼자 남아서 천화궁과 싸울 수도 없는 일.

그는 물러난 기회를 이용해서 땅을 박차고 뒤로 날아갔다.

"신궁 무사들은 후퇴하라!"

신궁 무사들도 싸움을 포기하고 즉시 후퇴했다.

천화궁과 귀혼문 무사들은 하나라도 더 죽이겠다는 듯 그들을 쫓았다.

죽고 죽이는 혈전은 반 시진 만에 끝이 났다.

양 측의 피해는 오백 정도. 결국 쌍방 모두 막대한 피해만 보고 말았다.

동방진은 핏물이 고인 질퍽한 땅 위를 걸어가며 이를 악물었다.

'피해가 너무 커.'

뭔가가 잘못되었다. 어디서부터 잘못된 걸까?

'놈들은 우리가 펼쳐 놓은 진세를 미리 알고 있었어.'

어떻게 알았을까?

오행연환진의 정확한 진세를 알고 있는 사람은 열 명도 안 되거늘.

아직 배신의 무리를 다 솎아 내지 못했단 말인가?

"아버님, 뒤처리는 저희에게 맡기시고 들어가서 쉬십시오."

동방수가 동방진 곁으로 다가와서 말했다.

"으음, 알았다. 그런데 수아야."

"예, 아버님."

"아직도 백로 속에 숨어 있는 까마귀들이 있는 것 같다."

"저 역시 같은 생각입니다."

"철저히 찾아내라."

"예, 아버님!"

동방진은 동방수의 힘찬 대답을 들으며 동쪽으로 몸을 돌렸다.

왕호광과 왕추당 등 귀혼문 간부들이 다가오고 있었다.

저들이 없었다면 어떻게 되었을까? 그 생각을 하니 아찔했다.

"수고가 많았소. 그대들 덕분에 놈들을 물리칠 수 있었소."

동방진이 포권을 취하며 인사를 건네자, 왕호광이 마주 포권을 취하며 답했다.

"별말씀을. 피해가 너무 커서 인사받기도 무안합니다."

동방수는 두 사람의 인사말을 들으며 천천히 고개를 들었다.

동방진의 등을 바라보는 그의 눈빛이 차갑게 가라앉았다.

'나는 알아. 당신이 내 어머니를 죽였다는 걸. 그 일이 실수였든 진심이었든, 당신은 사실을 밝히고 어머니 영정 앞에서 잘못을 빌어야 했어.'

하지만 그러지 않았다.

빌기는커녕 짜증을 냈다.

옆에서 그 모습을 지켜본 일곱 살 아이는 그날부터 가슴속에서 독이 묻은 비수를 갈았다.

'곧 알게 될 거야. 당신이 그날 무슨 실수를 했는지.'

第七章

북천(北天)의 혼(魂)

사운평은 어스름이 밀려들 때쯤 돌아왔다.

제일 먼저 다가가서 힐끔거리며 그를 살펴본 조연홍은 소름이 돋았다.

옷 여기저기에 거무스름한 자국이 있었다. 손도 왠지 붉게 느껴졌다.

"저, 무슨 일이 있었어요?"

"쥐새끼들을 잡았어. 모두 서른 마리가 넘더군."

나직이 말한 사운평은 우물가로 가더니 물을 퍼 올려서 머리 위에 쏟았다.

머리카락 끝에서, 옷자락에서 붉은 물이 흘렀다.

사람들은 아무것도 묻지 않고 그 모습을 지켜보기만 했다. 그들은 사운평이 잡았다는 '쥐새끼'의 정체를 짐작하고 있었다.

잠시 후.

삼매진화로 옷을 대충 말린 사운평이 횡 하니 찬바람을 일으키며 방으로 향했다.

"방으로 모이쇼."

천해문 사람들은 코가 꿰인 소처럼 뒤를 따라갔다.

사람들이 방에 모이자 사운평이 선언하듯 말했다.

"천의산장과의 계약은 오늘 부로 끝났수."

둘러선 천해문 사람들이 고개를 주억거렸다.

굳이 선언할 것도 없었다. 당연히 그럴 줄 알았으니까.

"청부대금으로 이천오백 냥을 더 받아야 하는데, 그 돈도 포기할 거요."

아무도 사운평의 말에 토를 달지 않았다.

황금충이라고까지 불리는 사운평이 돈을 포기했다. 토를 달았다가는 벼락을 혼자 뒤집어쓸지 몰랐다.

"그럼 이제 어떻게 할 건가? 공손건이 가만있지 않을 것 같던데."

언송초가 넌지시 물었다.

사운평이 입술을 비틀며 대답했다.

"개자식들. 나를 개처럼 삶으려 했으니 그에 걸맞게 상대해 줘야죠."

"설마 천의산장과 한판 붙겠다는 건 아니겠지?"

"못 붙을 건 또 뭐 있수?"

"우리 힘만으로 그들과 싸울 수 있을까?"

"미쳤수? 다쳐서 싸움도 제대로 못하게 생긴 사람들 데리고 어떻게 그들과 정면으로 싸웁니까?"

'저놈이 진짜……!'

언송초는 은근히 화가 났지만 겉으로 드러내지 않고 속으로만 씹었다.

"그럼 어떻게 하겠다는 건가?"

"직접 검을 맞대지 않고도 상대할 방법은 얼마든지 있죠."

냉랭하게 말한 사운평이 천해문 사람들을 둘러보았다.

"몇 사람은 내일 나와 함께 갈 곳이 있어. 거기 두 얼음덩이하고, 리상이……."

그가 한 사람 한 사람, 손가락으로 쿡쿡 찍었다.

"에 또…… 소강도 가고. 북야 소저와 떼어놓으면 날 원망할 테니까."

속이 뜨끔한 위지강은 슬며시 고개를 돌렸다.

사운평이 마지막으로 한 사람을 더 찍었다.

"그리고…… 연홍이, 너."

"대형, 저는……."

조연홍이 울상이 되었다.

소소와 놀게 해 준다고 했다. 물론 이연연이 다치고 상황이 좋지 않다는 것은 자신도 안다.

그래도 약속은 지켜야지! 천하제일해결사가 말이야!

사운평은 표정만 보고도 조연홍의 마음을 충분히 짐작했다.

"닷새나 놀았으면 됐잖아. 설마 그사이에 무슨 일 생긴 건 아니지? 예를 들면 아기를 만들었다든가……."

"대형!"

*　　*　　*

밤이 깊어갈 무렵, 진방방이 달려와서 칠성장의 소식을 전했다.

"미시 말부터 싸움이 시작되었어요. 수백 명이 죽으면서 피가 내처럼 흘렀는데…… 그렇게 처절한 싸움은 처음이었어요. 두 번 다시 겪고 싶지 않은 싸움이었죠."

진방방은 상황을 설명하는 내내 몸을 가늘게 떨었다.

"동방가의 원로와 형제들이 많이 죽었어요. 오호법 중 적 장로님도 돌아가셨고요. 그래도 궁주님과 소궁주, 삼공자는 살았어요. 이공자만 돌아가셨죠. 귀혼문 무사도 많이 죽었는데……."

느닷없는 대혈전 소식은 모두를 놀라게 하기에 충분했다.

이 사람, 저 사람이 중간중간 질문을 던졌지만 특별한 것은 없었다.

결국 천해문 사람들도, 언송초도, 영호명도, 정파의 고수들도 질문을 자제하고 일단 진방방의 이야기를 들었다.

벌어질 일이 벌어졌다. 너무 갑작스러워서 충격적이긴 하지만, 그 또한 은천령의 흉계일지 몰랐다.

사운평은 진방방의 긴 설명이 끝난 후에야 짧은 질문을 던졌다.

"백 소저는? 괜찮아요?"

진방방이 고개를 끄덕였다. 이야기하는 사이 눈물이 맺혀 있었다.

"충격이 크셨지만 무사해요. 아마 아가씨가 계책을 세우고 진세를 설치하지 않았다면 패했을지 몰라요."

그나마 백교하가 무사하다니 다행이다.

"그런데 아가씨가 말을 전해 달라고 했어요. 지금은 상황을 수습
하느라 정신이 없으니 사흘 후쯤 찾아달라고요."

바로 와달라고 해도 모자랄 판인데, 사흘 후에 오라니.

단순히 상황을 수습하기 위해서만은 아닐 터. 사운평이 넌지시 물
었다.

"몰래?"

"그래요. 긴히 드릴 말씀이 있는데요."

진방방은 이야기를 마친 후에야 무거운 짐을 내려놓은 사람처럼
안정되었다.

그녀는 일각 정도 쉰 후 떠나기 위해 일어났다.

"가서 할 일이 많아요. 혹시 아가씨에게 전할 말 없어요?"

"사흘 후 보자고 해요."

"그 말밖에 없어요?"

"무사해서 정말 다행이라는 말도 전해 주고요."

그제야 진방방이 미소를 지었다.

"알았어요. 그만 가야겠어요."

'죽거나 많이 다쳤으면 백 장주에게 미안했을 텐데, 안 다쳤다니
다행이지 뭐.'

살아 있어야 나머지 잔금도 받을 수 있지만, 이번만큼은 돈 생각
을 하지 않았다.

사운평의 마음을 알 리 없는 진방방은 방을 나섰다.

궁탁은 그녀가 떠나갈 때까지 한시도 눈을 떼지 않고 쳐다보며 숨을 죽였다.

왜 그런지 몰라도 그녀만 보며 심장이 배는 빨리 뛰었다. 그녀와 눈이 마주치기라도 하면 몸이 굳는 듯했다.

'정말 멋진 여자야.'

그때 방을 나서던 진방방이 고개를 돌려서 자신을 바라보는 것 아닌가.

숨이 턱 멎는 듯했다.

"궁 대협은 다치신 곳 다 나으셨어요?"

"나, 나았소."

"다행이네요. 그럼 다음에 봬요."

궁탁은 아무것도 아닌 한마디에 가슴이 뜨거워졌다.

거부할 수 없는 운명.

'만약 이번 싸움에서 내가 살아난다면…… 당신을 찾아가서 지금의 내 마음을 전하리다.'

*   *   *

이튿날.

사운평은 아침 일찍 태을장을 나섰다. 북야진과 북야설, 위지강, 예리상, 조연홍까지 다섯 명이 그와 동행했다.

그가 남쪽으로 향하자, 조연홍이 눈치를 보며 불안한 표정으로 물었다.

"설마…… 지금 진성으로 가는 건 아니죠?"

사운평은 그게 뭐 어떠냐는 듯 태연하게 대답했다.

"진성에 가는 거야."

북야진과 북야설, 위지강이 놀란 표정으로 그를 쳐다보았다.

궁탁과 예리상은 물어본 조연홍이 무안할 정도로 담담했고.

"대형, 진짜 미친 거 아니죠?"

"이 자식이!"

"그게 아니면, 우리들만으로 그들과 싸운다는 게 말이 돼요?"

"인마, 누가 싸우러 간데?"

"예? 그럼 왜 가요? 혹시 협상을 다시 하려고……?"

"협상은 끝났다고 했잖아."

"그런데 왜 가냐고요."

"싸우기 전에 약속부터 지키려고."

"무슨 약속요?"

"우문호를 찾아주기로 했잖아. 죽은 후에 찾으면 뭐하겠어?"

그제야 북여진과 북야설의 눈이 커졌다.

금우경은 우문호가 진성에 있다고 했다. 그 말을 듣고 시간이 나면 둘이 찾아가 볼 생각이었다.

그런데 사운평이 그 일 때문에 나서다니.

"우문호를 찾는 건 우리 둘이 가도 돼."

북야설이 싸늘한 목소리로 말했다. 한기가 느껴지긴 했지만, 전에 비하면 봄날의 햇살이었다.

"나보고 문도가 호굴 속으로 들어가는 걸 보고만 있으란 말이야? 내가 그렇게 독한 사람으로 보여?"

'예.'

조연홍은 막 튀어나오려는 말을 겨우 삼켰다.

하지만 북야설은 참지 않았다.

"그럼 문주가 순한 사람인 줄 알았어?"

아무리 그래도 그렇게 직설적으로 말하다니.

"도와준다고 해도 뭐라고 하네. 잔말 말고 하라는 대로 해. 둘만 가면 소강이 가만있을 거 같아?"

"……."

"저 멍청이가 당신을 도와준다고 나설 게 뻔한데, 죽으러 가는 걸 알면서도 놔둘 순 없잖아?"

사운평의 그 말에서 뭔가를 눈치챈 북야설의 눈매가 날카롭게 치켜 올라갔다.

그날 위지강이 말했다. 도와주겠다고, 멍청이어도 상관없다고.

그런데 두 단어가 다 나왔다.

"밖에서 들었어?"

"듣긴 누가 들어?"

북야설은 입술을 살짝 깨물었다.

듣지 않았다는데 뭐라고 할 수도 없었다. 닦달해 봐야 자신만 어색할 뿐.

"좌우간 오빠와 나만 갈 테니까, 신경 쓰지 마."

"나도 가겠소, 설."

머쓱한 표정으로 서 있던 위지강이 화들짝 놀라서 나섰다.

북야설이 싸늘한 눈빛으로 흘겨보았지만, 그 정도로는 위지강의 뜻을 꺾을 수 없었다.

그때 북야진이 말했다.

"문주의 뜻을 받아들여라, 설매."

"오빠?"

"천의산장 무리 속에 있는 그를 잡으려면 우리 힘만으로는 안 돼."

북야설의 눈매가 파르르 떨렸다.

무뚝뚝하긴 해도 전과 전혀 다른 느낌이다.

'오빠가 변했어.'

그것도 많이.

사운평이 그런 북야진을 보며 말했다.

"확실히 넘어섰군."

"무슨 말인가?"

"쩝, 본인이 본인을 모르다니. 이거 내가 잘못 본 거 아냐?"

"무슨 말이냐니까?"

"때로는 한 치 높이가 천 장보다 더 높게 느껴질 때가 있어. 그런데 실제로는 별 차이가 아니다 보니까 그걸 뛰어넘고도 모를 때가 있지."

"무슨 헛소리야?"

"모르면 말고."

사운평이 손을 휘휘 저었다.

일일이 설명해 주고 싶지 않았다. 어차피 알든 모르든 결과는 마찬가지니까.

"자, 가자고. 아마 저들도 오늘 우리가 진성에 갈 거라고는 생각도 못 하고 있을 거야."

＊　　　＊　　　＊

"학, 건아를 잡아오게!"

공손무곡은 노기를 남 앞에서 그대로 드러냈다.

평상시와 다른 모습.

금우경은 공손무공이 정말로 노했다는 걸 알고 바짝 긴장했다.

"대공……."

"그놈은 지 애비의 계획을 망쳐 놓았소. 잘못을 범했으면 벌을 받아야하오!"

"그 일에는 이 금모의 잘못도 크오."

"그놈은 수장인 금 원주의 말을 무시했소. 전쟁에서 수장의 말을 듣지 않는 자는 즉참해도 죄가 되지 않는 법. 아무리 내 아들이라 해도 그냥 용서할 수는 없소이다! 학, 뭐하는가? 속히 잡아오게나!"

"예, 대공."

사공학이 할 수 없이 대답하고 전각을 나섰다.

공손건이 정말 금우경을 무시했다면 다른 사람을 시킬 수도 없었다.

'소공이 많이 변했어. 왜 그렇게 변했는지 모르겠군.'

사공학이 의아해할 때, 전각 안에서도 그 이야기가 나왔다.

"금 원주, 건아가 정말 그렇게 행동했소?"

"그렇소이다, 대공."

"으음, 아무리 저번 일로 충격을 받았다 해도 그렇지, 이해할 수가 없군."

아버지의 눈에는 자식의 변화가 쉽게 보이지 않는 법이다.

하지만 금우경은 공손건의 변화보다 천해문이 더 신경 쓰였다. 정확히는 사운평이.

"소공의 일은 그렇다 치고, 천해문은 어찌하실 생각이시오, 대공?"

공손무곡의 이마에 골이 파였다.

당장 때려잡고 싶은데 피해를 걱정하지 않을 수 없었다.

낙일검제와 정파무사들까지 합류했다고 하지 않는가.

"당분간은 그들을 지켜보기만 하시오. 마무리는 은천령의 일을 매듭지은 후 하겠소."

"알겠소이다."

그렇게 대충 이야기가 마무리되어갈 때였다. 사공학이 당황한 표정으로 들어왔다.

"대공, 소공이 보를 빠져나갔습니다."

*　　　*　　　*

매화향 흐르는 작은 정자 안에서 두 노인이 마주앉아 있었다.

대나무처럼 빼빼 마른 노인과 대학자의 풍모를 지닌 청의노인.

놀랍게도 그 두 노인은 풍죽괴와 은천령 대령주였다.

풍죽괴가 입을 꾹 다문 채 노려보기만 하자, 대령주가 먼저 입을
열었다.

"오랜만이네, 연. 어째 전보다 더 마른 것 같군."

"정말 자네였군, 자네였어. 어떻게 이런 일이 벌어질 수 있지?"

"세상일을 어찌 인간이 모두 알 수 있겠나?"

"쉰 소리 집어치우고 하나만 묻겠네."

"말하게."

"자네가 곤아의 마음을 훔쳤지?"

"훔쳤다는 말은 어폐가 있네. 나는 단지 곤아에게 길을 하나 일러
주었을 뿐이야."

"곤아는 지금 어디 있지?"

"잘 있으니 걱정 말게."

"아들이 어떻게 되었는지도 모르는데, 걱정 말라고?"

"이제 곧 패왕천하가 펼쳐질 거네. 곤아는 천아와 함께 그 일의 주
역이 될 거야."

"어이가 없군. 패왕천하? 술이 없는 세상은 지옥보다 더 하다며
술독에 빠져 지내던 자네가 언제부터 패왕 운운했는가?"

풍죽괴가 은천령 대령주와 친한 사이라니!

참으로 경악할 일이 아닐 수 없었다.

"삼룡과 삼비의 이야기를 아나?"

"대충 이야기는 들었지."

"그렇다면 이야기하기가 수월하군. 본래부터 나는 비천문 오대유
파 중 패왕의 후예였네. 원수인 삼비에게 들켜서는 안 되기에 나를

숨기기 위해서 엉뚱한 행동을 일삼았지. 그러다 자네들도 만났고 말이야."

"그럼 가문경이라는 이름도……?"

"내 성은 모용이네. 그러니 모용문경이 내 본 이름이지."

"결국 우리와 나눈 우정도 다 거짓이었군."

"그것만큼은 거짓이 아니었네."

"나를 정말 친구로 생각한다면 혈도를 풀어주게."

"미안하지만 지금은 안 되네."

"패왕을 추구하는 사람이 친구를 제압해서 붙잡아두다니. 어이가 없군."

"자네가 뭐라 해도 안 되는 것은 안 되는 거네. 몇 달만 조용히 이곳에서 지내게. 그럼 다 끝나 있을 테니까."

"하나만 묻지. 패왕이 곧 은천령인가?"

"같다면 같고, 다르다면 다르네. 현재 패왕의 주인은 천아니까."

"그 아이를 본 지도 오래되었군. 어릴 때는 정말 총명하고 말도 잘 들었는데……."

풍죽괴가 씁쓸한 표정으로 말하며 시선을 찻잔에 두었다.

그때 청의노인이 화제를 돌렸다.

"나도 알고 싶은 게 있네. 사운평이라는 청년에 대해서 자네가 알고 있는 걸 말해 주게나."

"사운평? 천해문 문주?"

"맞아. 바로 그네."

"훗, 세상을 농락한 자네가 일개 청부업자를 왜 신경 쓰는가?"

"내가 왜 그를 신경 쓰는지 모르진 않을 텐데?"

"언가와 규가가 그 친구와 함께 있어서 그런가? 아니면 낙일검제 때문에?"

"정말 모르나보군."

"모르다니?"

"패왕천하를 이루려는 사람이 천의산장과 천화궁을 제 마음대로 흔들어 대는 사람을 신경 쓰지 않으면 누구를 신경 쓰겠나?"

청의노인, 모용문경의 거창한 말에 풍죽괴의 메마른 입술이 비틀어졌다.

"사운평이란 아이가 뛰어난 능력을 지녔다는 것은 나도 아네만, 그 정도는 아니야. 게다가 그 아이는 우리만큼이나 엉뚱하고 제멋대로지."

모용문경은 풍죽괴를 빤히 쳐다보았다. 그러고는 진심으로 하는 말이라는 걸 알고 이마를 찌푸렸다.

'정말 알 수 없는 놈이로다.'

그때 풍죽괴가 말했다.

"알고 싶으면 직접 만나 봐."

그 말에 모용문경의 눈 깊은 곳에서 이채가 반짝였다.

'직접 만나보라고?'

*　　　*　　　*

사운평이 젊은 다섯 사람만 대동한 것에는 이유가 있었다.

역용하기가 편하다는 것.

궁탁 같은 경우는 역용을 해도 상대가 신경 써서 살펴보면 알아보는 게 어렵지 않았다.

그날 오후, 그는 다섯 사람의 얼굴을 바꾸어 놓았다.

북야진은 신경질적인 얼굴로, 북야설은 평범한 여무사처럼, 위지강과 조연홍은 못 생기게, 예리상은 정신에 문제가 있는 사람처럼, 그리고 자신은 북방의 전쟁터에서 돌아온 지 얼마 안 되는 낭인처럼 꾸몄다. 나름대로 멋지게.

"흠, 이 정도면 됐군."

"굳이 이렇게까지 할 필요가 있겠나? 어차피 나 같은 경우는 아는 사람이 거의 없을 텐데."

북야진이 불만스러운 표정으로 말했다.

그는 냇가의 물에 비친 얼굴이 영 마음에 들지 않았다.

눈은 쭉 찢어졌고 입술 위에 큰 점이 붙어 있는데 얍삽한 느낌마저 들었다.

"지금이 딱 좋아. 이제 가자고."

사운평은 북야진의 불만을 모른 척하고 몸을 돌렸다.

해질 무렵.

풍검보 정문위사 우삼은 비쩍 마른 청년이 다가오는 걸 보고 조소를 지었다.

'자식, 저 얼굴로는 평생 장가가기 힘들겠군.'

못생긴 얼굴만 문제가 아니었다. 몸이 어찌나 말랐는지 지나가던 개도 쳐다보지 않을 듯했다.

그런데 그 청년이 곧바로 자신을 향해서 오는 게 아닌가.

오삼은 턱을 치켜들고 거만한 표정으로 물었다.

"무슨 일이냐?"

"어떤 아저씨가 이걸 좀 전해 주라고 해서요."

"뭔데?"

"저도 잘 몰라요."

비쩍 마른 몸에 얼굴도 못 생긴 청년이 작은 서신을 내밀었다. 서신은 봉투에 들어 있었는데, 입구가 봉인되어 있었다.

우삼은 엉겁결에 서신을 받아 들고 못 생긴 청년을 바라보았다.

"누구에게 전해 주라는 거냐?"

"우문호라는 분에게요. 여기 장로님이라고 하던데요?"

'누가 보낸 거지?'

우문호는 의아해하며 정문위사가 가져온 서신을 펼쳐보았다.

서신의 글은 짧았으나 충격을 주는데 부족하지는 않았다.

   [북천을 알고 있다면, 오늘 밤 진성 동쪽 일원사(一圓寺)
   의 요사채 뒤 공터로 오시오. 당신의 안위를 위해서 알려드
   릴 것이 있소.]

우문호의 표정이 경직되었다.

중원에서는 자신이 북천 사람이라는 것을 아는 사람이 없다. 그런

데 누가?

'설마……?'

천천히 고개를 든 그가 서신을 두 손 사이에 넣고 비볐다.

서신이 먼지처럼 부서져서 탁자 위에 쌓였다.

*　　　*　　　*

사운평은 일원사 요사채에 방을 얻고 우문호가 나타나기를 기다렸다.

밤이 되자, 미끼를 던지고 온 조연홍이 불안한 표정으로 말했다.

"대형, 차라리 그자가 나올 때까지 기다리는 게 낫지 않았을까요?"

"시간이 없잖아. 그가 하루 종일 안 나오면 네가 들어가서 끌고 나올래?"

사운평이 조연홍의 의견을 단칼에 무시했다.

그러나 북야진 남매는 조연홍의 의견에 손을 들어주었다.

"그런다고 오겠나?"

"설령 온다고 해도 부하들을 끌고 올지 몰라. 그럼 상황만 더 나빠질걸?"

위지강은 북야설의 말에 무조건 찬성했고.

"나도 같은 생각이네."

사운평은 자신의 생각을 바꾸지 않았다.

주관이 확실한 사람처럼 보일 수도 있지만, 다른 사람들은 그렇게 생각하지 않았다.

— 그냥 똥고집이지 뭐.

그래도 사운평에게는 나름대로 세운 경험의 법칙이 있었다.

"원래 죄를 지은 놈일수록 남에게 알리고 싶어 하지 않는 법이야."

제법 그럴 듯한 말이어서 이번만큼은 다른 사람도 반박하지 못했다.

조연홍만 한마디 했을 뿐.

"대형도 그런 경험이 많았나 보죠?"

못생긴 역용 때문에 약이 올라서 살짝 비꼬았는데, 아주 큰 실수였다.

"연홍, 평생 그 얼굴로 살고 싶냐?"

헙!

대형의 악랄함을 잠시 망각한 조연홍은 얼굴이 창백해졌다.

"그, 그게 아니라……."

"쉿."

"제가 그만 대형의 깊은 마음을 모르고……."

조연홍은 어떻게든 변명을 하려 했다. 이 얼굴로 소소를 만날 순 없었다.

하지만 그가 말을 할수록 사운평의 얼굴은 더욱 험악해지기만 했다.

"앞으로는 절대 대형의 은혜를 저버리는 말을 하지 않을 테니……."

『조용히 해!』

"한 번만 용서를……!"

『그가 왔다니까!』

"예?"

그때 뒷마당 쪽에서 나직한 목소리가 들렸다.

"어느 분이 우문 모를 찾으셨소?"

방 안에 침묵이 내려앉는가 싶더니, 오싹할 정도의 한기가 휘몰아쳤다.

북야진과 북야설의 몸에서 흘러나오는 한기였다.

사운평은 조연홍을 한심하다는 듯 째려보고는 자리에서 일어났다.

"같이 가긴 하는데, 마음대로 행동하진 마. 나도 알아볼 게 있으니까."

예상했던 대로 우문호는 혼자 왔다. 그는 어둠 속에서 나타난 사운평을 보고 눈을 좁혔다.

"자네가 불렀나?"

"귀하가 삼음검 우문호라면."

우문호는 사운평을 자세히 살펴보았다.

약하긴 해도 사찰에서 불빛이 흘러나오고 있었다. 게다가 달빛도 제법 밝았다.

절정고수인 그에게는 대낮과 별 차이가 없었다.

'특별한 것은 없는 놈 같은데…….'

그렇게 생각한 그는 냉랭한 어조로 물었다.

"왜 나를 이곳으로 부른 거냐?"

"소개시켜줄 사람이 있어서. 아마 귀하도 매우 반가워할 거요."

"내가 반가워할 사람?"

의아해하던 우문호의 표정이 급변했다.

이제 막 겨울이 지난 봄이어서 밤 날씨가 차가웠다. 그러나 지금 그가 느끼고 있는 한기는 단순한 차가움이 아니었다.

몸서리쳐지는 극음의 기운.

오래전의 기억을 떠올리게 하는 극음기가 대기 속에서 휘돌고 있는 것이다.

"누구냐?"

그의 입에서 설원의 늑대가 으르렁거리듯 나직한 목소리가 흘러나왔다.

사운평 뒤쪽에서 두 사람이 나왔다.

그들을 바라본 우문호가 긴장한 표정으로 물었다.

"북천에서 온 자들이냐?"

북야진이 등 뒤의 검을 빼더니 역수로 잡고 내밀었다.

"당신이 진짜 우문호라면 이 검을 알 거요."

북야진이 내민 검을 바라보던 우문호의 눈이 점점 커지며 격동의 떨림이 일었다.

"그건…… 북성검(北星劍)? 네가 어떻게 북성검을……?"

"북성검을 보고도 뻣뻣한 걸 보니 북천을 배신한 게 확실하군."

"무슨 소리를……?"

우문호가 이마를 찌푸리며 반문하자, 북야설이 입을 열었다. 그녀의 말 한 마디 한 마디에서 서리가 내렸다.

"아니라며 북성검에 삼충(三忠)의 예를 행했겠죠. 안 그런가요, 우문 숙부?"

"숙부?"

흠칫한 우문호가 북야설을 쳐다보았다.

"십이 년 전, 우리 남매 앞에서, 북천을 위해서라면 혼이라도 바칠 수 있다고 말했던 분이 있었죠."

"……!"

"그분은 가족이 서쪽 하늘의 백귀들에게 죽음을 당했을 때도 오직 북천의 안위만을 생각했어요."

북풍한설처럼 차가운 목소리.

우문호의 눈이 화등잔만큼 커졌다.

"너는 혹시……?"

"그랬던 분이 어느 날 북천의 혼을 빼내서 도주했죠."

북야설이 천천히 검을 뽑으며 말을 이었다.

"이제부터 그 이유를 알아보겠어요."

"너는…… 설아구나. 저 사람은 진아고."

"당신은 이제 우리 이름을 부를 자격이 없어요!"

"내가 빙백주를 빼내서 북천을 떠나온 것에는 어쩔 수 없는 사연이 있었다."

"그 어떤 사연도 북천의 혼을 대신할 순 없어요."

"그래, 그럴지도 모르지."

우문호의 격렬하게 흔들리던 눈빛이 차분하게 가라앉았다.

"북천의 혼을 찾으려고 왔느냐, 아니면 배신자의 심장을 취하려고 왔느냐?"

"빙백주만 내놓는다면 모든 걸 잊고 돌아갈 수도 있습니다, 숙부."

북야진이 검을 다시 제대로 잡고 말했다.

우문호도 검을 뽑았다.

"지금 와서 내가 무슨 말을 한들 너희들이 믿겠느냐."

"숙부가 강하다는 건 우리도 압니다. 하지만 우리 둘을 이길 수는
없을 겁니다."

"글쎄. 너희들이 나에 대해 얼마나 아는지 모르겠다만, 최소한 본
래 생각했던 것보다 배는 더 힘을 내야 할 거다."

순간, 우문호를 중심으로 한풍이 휘몰아쳤다.

북야진과 북야설도 바짝 긴장해서 검을 움켜쥐었다.

우문호는 북천의 사대장로 중 한 사람이었다. 다른 장로와 비슷한
실력이기만 해도 자신들이 전력을 다해야 상대할 수 있으리라.

"와라! 어디 얼마나 강해졌는지 보자! 나를 이긴다면 너희들 뜻에
따라주마!"

우문호의 무공은 절정수준에 달한 것으로 알려져 있었다.

이청산 밑으로 들어가 있었던 것만 보면 그보다 강하지는 않을 거
라는 게 일반적인 평이었다.

그러나 사운평은 삼초 공방이 지나기도 전에 혀를 찼다.

'쯔쯔쯔, 이청산은 십초도 버티지 못하겠군.'

우문호는 강했다.

자신이 싸워 본 등초력이나 금우경, 사공학과 비교해도 별 차이가
없었다.

오히려 우문호를 맞이해서 막상막하의 대결을 펼치는 북야진과 북

야설이 대단해 보였다.

하물며 당사자인 북야진과 북야설의 마음은 어떻겠는가.

두 사람은 경악을 금치 못했다.

우문호가 이렇게 강했단 말인가!

그러나 놀라고 있을 틈도 없었다.

승기를 잡지 못한 우문호가 마침내 마지막 힘을 끌어내고 있었다.

"이제부터가 진짜니라! 전력을 다하지 않으면 북천으로 돌아가지 못할 것이다!"

후우우우웅!

그의 몸에서 으스스한 한기가 흘러나왔다.

북야진과 북야설은 우문호가 펼치려는 무공의 정체를 알고 표정이 굳었다.

삼음신공(三陰神功). 북천의 삼대 무공 중 하나.

정확히는 비천문 빙백류의 무공 중 하나.

그 무공을 상대하려면 그들도 북천의 무공을 드러내는 수밖에 없었다.

이를 악문 북야설이 먼저 빙백천음공의 기운을 끌어냈다.

할 수 없다 생각했는지 북야진도 북천칠검을 펼치기 시작했다.

휘이이이이잉.

북풍한설이 휘몰아치듯 으스스한 소리와 함께 세 사람 주위를 휘돌던 대기가 얼어붙었다.

인근의 바위와 나무, 땅에 하얀 서리가 내렸다.

멀리 떨어져 있던 위지강과 조연홍, 예리상은 눈이 휘둥그레졌다.

몇 달간 함께 다녔는데도 처음 보는 무공이었다.

왜 저렇게 무서운 무공을 한 번도 펼치지 않았던 걸까?

"아! 그럼 북야 형과 북야 소저가⋯⋯."

위지강이 뭘 깨달았는지 나직한 탄성을 발했다.

그때 우문호와 북야진, 북야설이 뒤엉켰다.

쩌저저적!

얼어붙은 대기와 대지가 쩍쩍 갈라지고, 터져 나갔다.

콰과광!

사운평은 팔짱을 낀 채 그 광경을 지켜보았다.

그는 이번 일에 끼어들 마음이 없었다. 이 일만큼은 북야진과 북야설이 직접 해결해야만 한다.

'이기든 지든 얻는 게 많겠군. 이제 빙백류도 부활하는 건가?'

초수가 더해질수록 북야진과 북야설의 공격이 더욱 강력해졌다.

그렇게 칠팔 초쯤 지났을 때 세 사람이 갈라졌다.

"크읍."

신음을 흘리며 물러선 우문호가 경악한 듯 눈을 부릅떴다.

북야진은 이마를 잔뜩 찌푸린 채 입을 꾹 다물었고, 북야설은 창백한 안색으로 우문호를 쏘아보았다.

"너희들이 이 정도로 강해졌을 줄은 생각도 못 했구나."

말을 할 때마다 우문호의 입에서 핏물이 흘러나왔다.

내상이 심각한 상태였다. 빙백천음공의 특성 때문에 겉으로는 별 이상이 없는 듯했지만, 온몸이 얼어붙은 듯했다.

"빠져나갈 수 없다는 것도 알았을 거요."

"지금이라도 빙백주를 내놓으면 보내드리겠어요."

북야진과 북야설이 말하며 우문호의 좌우로 다가갔다.

자신감이 생긴 두 사람의 눈빛이 하늘의 별빛처럼 차갑게 반짝였다.

우문호가 싸움을 포기하고 도주할지 모르지만, 그에 대해선 걱정하지 않았다.

사운평이 지켜보고 있지 않은가 말이다.

그런데 의외로 우문호가 쉽게 포기했다.

"나도 너희들에게 빙백주를 주고 싶다만…… 그럴 수 없으니 아쉽구나."

"무슨 소립니까?"

"설마 빙백주를 훔쳐간 걸 부정할 생각은 아니겠죠?"

북야진과 북야설이 다그쳤다.

의외로 우문호는 순순히 인정했다.

"빙백주는 분명 내가 갖고 나왔다."

"그럼……?"

"먼저 내 변명을 들어줄 수 있겠느냐?"

차가운 눈빛으로 우문호를 바라보던 북야설이 말했다.

"말해 보세요."

"고맙다."

우문호는 숨을 몰아쉬고 입을 열었다.

"사실 빙백주를 훔친 사람은 내가 아니었다."

"무슨 말이죠?"

"한밤중 북야상이 금지인 빙동에 들어가는 걸 보고 뒤따라갔다가 그가 빙백주를 훔치는 걸 봤다. 그래서 나오는 그를 급습해 빙백주를 되찾았지. 그런데……."

북야상이 오히려 우문호를 범인으로 몰면서 소리쳤다.

"우문호! 네가 감히 빙백주를 훔치다니! 어서 빙백주를 내놓아라!"

우문호는 당연히 빙백주를 건네주지 않았다.

그사이 몰려든 사람들은 항상 불만이 많은 우문호보다 문주의 동생인 그의 말을 믿고 우문호를 공격했다.

"우문 장로, 그대가 감히 문주의 은혜를 저버리고 북천을 배신하겠다는 거냐!"

"우문호를 잡아라!"

"그래서 변명도 제대로 못하고 빙백주를 지닌 채 도망쳤다. 어쩌면 될 대로 되라는 마음이었을지도 모르지."

북야진과 북야설은 우문호의 말을 듣고 놀라지 않을 수 없었다.

북야상은 그들의 오촌 숙부다. 조금은 독선적이고, 조금은 욕심이 많은 숙부.

그 숙부가 빙백주를 훔친 진짜 범인이라니.

"그때 빙백주를 넘겨주지 그랬습니까?"

북야진의 말에 우문호가 씁쓸한 표정으로 말했다.

"넘겨주었으면 사람들이 내 말을 믿어주었을까?"

아니었을 것이다. 북야진도 그걸 알기에 더 다그치지 못했다.

"믿어주기는커녕 나를 잡아 가두었겠지."

"그건……."

"그리고 빙백주는 다시 북야상의 손에 들어갔을 거다."

그 말 또한 반박할 수가 없었다.

"좋아요. 우문 숙부의 말이 사실이라고 쳐요. 그런데 왜 빙백주를 저희에게 돌려줄 수 없다는 거죠?"

"지금은 내 손에 없기 때문이다."

"빙백주를 다른 사람에게 넘겨줬단 말인가요?"

북야설이 한겨울 얼어붙은 담장 위의 고양이처럼 앙칼지게 물었다.

"준 것이 아니라, 빼앗겼다고 봐야겠지."

우문호가 씁쓸한 표정으로 대답했다.

북야진과 북야설의 눈이 다시 커졌다.

"빼앗겼다고요?"

"누구죠?"

"나도 그자의 정확한 이름은 모른다."

"그걸 말이라고 하세요?"

"어이없게도 그자는 나와 삼초를 겨루는 동안 내가 북천에서 왔다는 사실을 눈치챘다. 그때만 해도 그 이유를 정확히 몰랐지."

"그럼 이제는 이유를 안단 말인가요?"

"어느 정도는."

"이유가 뭐죠?"

북야설의 계속되는 다그침에 우문호의 눈빛이 흔들렸다.

"내 생각으로는…… 그자도 비천문 사람이었던 것 같다. 그러니 내 몸속에 비천의 기운이 잠들어 있다는 걸 눈치챈 거겠지."

무슨 생각이 들었는지 북야설이 슬쩍 사운평을 흘겨보았다.

그사이 북야진이 다급한 어조로 물었다.

"그래서요? 그래서 빙백주를 그자에게 빼앗겼단 말입니까?"

우문호가 고개를 끄덕였다. 그의 입술 사이로 흘러나온 피가 수염을 타고 바닥에 떨어졌다.

"어이없게도 십여 초 만에 내가 패했다. 그런데 하필 그때 품속에서 빙백주가 든 상자가 떨어졌지. 나는 그가 상자를 줍는 걸 보고도 움직일 수 없었다."

북야설이 그를 뚫어지게 쳐다보았다.

거짓말은 아닌 듯했다. 그래서 더 실망이었다.

겨우 잡았는데 빙백주가 없다니.

바로 그때, 사운평이 눈살을 찌푸리며 말했다.

"누가 다가오고 있어. 숫자가 제법 많아."

조연홍과 예리상은 무기를 빼 들고 숲으로 다가가서 안쪽을 살펴보았다.

"혼자 오지 않으셨습니까?"

북야진이 우문호를 노려보며 나직이 물었다.

"혼자 왔는데……?"

우문호의 그 말에 사운평이 째려보며 면박을 주었다.

"천의산장의 순찰무사들이 눈먼 봉사들만 있는 줄 아쇼? 이렇게 난리를 쳤는데 모르면 병신이지."

우문호는 심각한 내상을 입은 와중에도 화가 치밀었다.

"네놈은 내가 부상을 당했다고 우습게 보이는가 보구나."

"거참, 나이든 양반이 어지간하면 성깔 좀 죽이쇼. 그러다 어린놈한테 맞으면 창피하잖소?"

"뭐야?"

안 되겠다 싶었는지 북야진이 나섰다.

"일단 이곳을 떠나지요, 숙부. 저들의 눈에서 벗어날 때까지 다른 생각 마십시오."

"그냥 가도 괜찮겠어? 성깔부리는 거 보니까 혈도라도 짚어야 할 것 같은데?"

"이놈이 정말……!"

사운평의 그 말에 우문호가 눈을 치켜뜨자, 북야진이 먼저 답을 재촉했다.

"어떻게 하시겠습니까?"

"으으음, 이제 와서 내가 뭘 어쩌겠느냐? 나도 너희들을 천의산장에 넘기고 싶은 마음은 없다."

"그럼 가시죠, 숙부."

그때 사운평이 말했다.

"저쪽으로 빠져나가. 아까 오다 보니까 산자락에 사당이 있던데. 아마 여기서 십리쯤 될 걸? 거기서 만나자고."

"문주는?"

"밀린 빚을 받아야겠어. 도와줄 생각 말고 먼저 가."

사운평은 조금 전과 달리 무심한 어조로 말하고 몸을 돌렸다.

그의 허리에 매달린 칼이 걸음을 옮길 때마다 규칙적으로 흔들렸다.

철컥, 철컥, 철컥.

조연홍의 귀에는 그 소리가 마치 목이 떨어져 나가는 소리처럼 들렸다.

'진짜 사람 잘못 건드렸어. 어디 건들 사람이 없어서 저런 독종을······.'

第八章

역용을 지우는 법

　북야진을 비롯한 다섯 사람은 우문호를 감시하며 숲을 빠져나와서
북쪽으로 거슬러 올라갔다.

　십 리쯤 가자 사운평의 말대로 사당이 보였다. 사당 안에 촛불이
켜져 있어서 찾는 것은 어렵지 않았다.

　사당 앞에 도착한 그들은 안쪽을 살펴보았다.

　그때 바로 뒤에서 익숙한 목소리가 들렸다.

　"뭐해? 안에 누구 있어?"

　여섯 사람이 흠칫해서 고개를 돌렸다. 사운평이 어느새 따라와서
바로 뒤에 서 있었다.

　북야진 등은 그를 바라보며 눈초리를 잘게 떨었다.

　사운평의 몸은 비가 오지 않는데도 축축하게 젖은 듯 보였다.

은은하게 풍겨오는 피비린내.

그가 무슨 일을 하고 왔는지 굳이 물어볼 것도 없었다.

"뭘 그렇게 봐? 오다가 냇가에 빠졌을 뿐이야."

정말일까? 그런데 왜 소매 끝에서 떨어지는 물이 붉게 느껴지지?

은은하게 풍기는 피비린내는 또 뭐고?

하지만 아무도 그에게 묻지 않고 사당 안으로 들어갔다.

사당 안에는 아무도 없었다. 누군가가 제를 지내며 피워 놓은 촛불만 타오르고 있을 뿐.

"여기서 이야기를 마저 끝내쇼."

사운평이 한쪽에 앉으며 말하자, 우문호가 북야진 남매를 바라보았다.

"물어보고 싶은 것 있으면 물어봐라."

북야설이 먼저 물어보았다.

"빙백주를 뺏어갔다는 자가 정말 비천문 사람이었나요?"

"내 짐작으로는 확실하다."

"그가 빙백주를 알고 가져갔나요?"

"처음에는 몰랐다. 그는 빙백주가 나에게 중요한 물건이란 걸 알고 조건을 걸었지. 자신을 위해 일 년만 일해 주면 빙백주를 돌려주기로 말이야. 알았다면 그런 조건을 걸지도 않았을 거다."

"그럼 지금은 안단 말이에요?"

"그가 비천문 사람이라면 알 가능성이 전혀 없진 않아."

그때 삼매진화로 옷을 말리고 있던 사운평이 물었다.

"그자의 이름은 몰라도 정체는 아는 것 같은데. 안 그래요?"

우문호는 그의 말을 들은 척하지도 않았다.

"좌우간 그는 나에게 천의산장으로 가라고 했다. 그리고 자신의 명령이 있을 때까지 기다리라고 했지."

그의 말투에서 이상함을 느낀 북야설이 차가운 눈빛으로 그를 노려보며 물었다.

"명령이 떨어졌나요?"

우문호가 암울한 표정으로 천천히 고개를 끄덕였다.

"그래, 사흘 전에 떨어졌다."

"어떤 명령이었죠?"

* * *

금우경은 고경천에게서 뜻밖의 보고를 받고 눈을 치켜떴다.

"이십팔수 중 둘과 무사 사십여 명이 일원사 인근의 숲에서 죽었다고?"

"예, 원주. 시신을 수습한 자들의 말에 따르면 모두 목이 떨어지거나 심장이 터져서 죽었다고 합니다. 그리고…… 연풍을 감시하던 자들에게서 소식이 끊겼습니다."

금우경은 아무 말도 하지 않고 허공만 노려보았다.

'그놈이야. 그놈이 분명해.'

눈꺼풀이 파르르 떨렸다.

사운평을 상대하기가 어려운 진짜 이유는 강한 무공 때문이 아니다. 잔머리를 잘 굴려서 그런 것만도 아니고.

놈은 종잡을 수가 없었다. 머리가 지끈거리도록 대응방법을 생각해 놓으면 비웃기라도 하듯 엉뚱한 일을 벌였다. 남들의 예상을 가볍게 뒤집어버리는 것이다.

"지금 누가 그들을 쫓고 있지?"

"현재 염정군이 범인을 추격하고 있습니다만, 짐작 가는 바라도 있으신지……."

고경천이 조심스럽게 물었다.

정신을 차린 금우경이 말했다.

"염정군에게 즉시 돌아오라고 전해라."

"예?"

"그들만으로는 놈을 잡을 수 없다. 지금은 그놈을 잡겠다고 전력을 소모할 때가 아니야."

"범인이 누군지 아십니까?"

"아무래도 그놈이 온 것 같다. 사운평, 그놈이."

*　　　*　　　*

청산보까지 후퇴한 상관종산은 황당해하는 표정으로 버럭 소리쳤다.

"무슨 말이냐, 기소명. 백군맹이 철수했다니?"

"백군맹 총단에서 다급한 소식이 전해졌다며 바로 떠나갔습니다."

"이런 빌어먹을!"

평소 근엄함을 군주의 덕목처럼 생각한 그가 쌍소리를 내뱉었다.
벌게진 얼굴만 봐도 그가 얼마나 화가 났는지 알 수 있었다.

백군맹이 철수했다면 이제 신궁의 힘만으로 천화궁을 상대해야 한
다.

잘해야 양패구상의 결과라는 걸 그가 왜 모를까.

"철무궁에게 사람을 보내라. 즉시 돌아오라고 해! 그리고 풍검보
에도 사자를 보내서 도움을 요청해!"

한쪽에 조용히 서 있던 상관종수가 상관종산을 바라보았다.

겉으로는 무표정한 얼굴이었지만 내면에서는 격랑이 치고 있었다.

'시작했군.'

오랜 기다림의 끝이 보이고 있다.

굴욕의 세월, 절망의 시간을 넘어서 격동의 날이 다가온다.

그는 터질 것 같은 심장을 억누르고 돌아섰다.

'이십이 년인가? 너무 오래 기다렸어.'

*　　　*　　　*

여량산에도 봄이 찾아왔다.

그날의 날씨도 전형적인 봄날처럼 화창했다. 하지만 여량산에 사
는 어느 누구도 봄날의 화창함을 즐기지 못했다.

구불구불 열두 구비를 휘도는 구양곡 안쪽.

저벅, 저벅, 저벅.

한 청년이 널브러진 시신들 사이로 질퍽한 피비린내를 밟으며 걸

었다.

이십 대 후반 나이에 장대한 체구, 부리부리한 눈에 꾹 다문 두터운 입술.

손에 한 자루 커다란 장검을 든 그의 걸음, 걸음마다 짙은 혈인(血刃)이 찍히며 계곡 안으로 길게 이어졌다.

와아아아아!

계곡 안에서 터져 나오는 함성.

"모두 쓸어버려!"

"이놈들! 개들이 감히 주인을 물다니! 결코 용서받지 못할 것이다!"

"개소리 마라, 늙은이!"

"말할 시간에 놈들을 하나라도 더 죽여라!"

악다구니가 절벽을 뒤흔들며 메아리친다.

백군맹이 여량산 신궁을 공격한지 반 시진. 신궁의 저항은 예상했던 것보다 더 거셌다.

그러나 하늘은 이미 산서의 주인을 바꾸기로 결정한 듯 백군맹 무사들의 손을 들어주었다.

"이제 산서의 주인은 백군맹이다! 벌을 주는 것도 백군맹이 하고, 용서도 백군맹이 할 것이다!"

계곡 끝에 도착한 청년이 소리쳤다.

웅혼한 목소리에 온 산이 흔들렸다.

와아아아아!

다시 터져 나온 함성.

"가자, 백군맹의 무사들이여! 오늘 치욕의 역사를 지우고, 새로운 역사를 쓸 것이다!"

청년, 철장산이 포효하며 땅을 박차고 날아갔다.

구양곡을 통과하며 살아남은 철랑단 이백 무사도 일제히 적을 향해 몸을 날렸다.

여량산의 참혹한 봄은 그렇게 붉은 꽃과 함께 시작되었다.

＊　　　＊　　　＊

계곡물이 제법 세찬 물소리를 내며 흘렀다. 시원한 느낌. 몸도 마음도 피곤해진 사운평은 계곡물 근처에 모닥불을 피웠다.

조연홍과 예리상이 잡아온 노루를 구우며 아침식사를 준비하고, 북야진과 북야설, 위지강은 모닥불 주위에 둘러앉아서 고기가 익기만 기다렸다.

우문호는 풍검보로 돌려보냈다.

　"명령이 떨어지면 천의산장 내에서 혼란을 조장하라고 했다.
　도와줄 사람이 있으니 최대한 일을 크게 키우라고 하더군."

어젯밤 우문호는 그렇게 말했다.

결국 빙백주의 소재를 알려면 우문호가 풍검보에 남아 있어야 했다.

게다가 천의산장을 뒤흔드는 일도 사운평에게는 손해될 게 없었다.

물론 그렇다고 해서 정체불명인의 뜻대로 되도록 놔둘 생각은 없었다.

천의산장 쪽에서 봤을 때, 우문호가 조용히 있으면 평상시 그대로일 뿐이다.

하지만 반대쪽은 그로 인해서 계획이 어긋날 수밖에 없다. 그 계획의 중요성에 따라서 변수의 크기도 변한다.

더구나 그 반대쪽이 은천령이라면?

그거야말로 꿩 먹고 알 먹고, 보따리를 건졌더니 그 안에 황금이 들어 있는 셈이 되지 않겠는가.

북여진과 북야설도 고민 끝에 사운평의 의견을 따랐다.

빙백주를 찾을 수 없다면 우문호를 잡아 놓은들 무슨 소용이랴.

우문호도 빙백주를 어떻게든 찾아서 두 사람에게 돌려주겠다고 약속했다.

그의 말을 곧이곧대로 믿을 수는 없지만, 지금으로선 달리 방법이 없었다.

사운평도 자신이 책임진다고 했고.

"허튼수작 부리면 내가 공짜로 죽여줄게."

이제 두 사람은 장난처럼 던져진 그 말이 얼마나 무서운 뜻인지 잘 안다.

사운평이 그렇게 말한 이상 배신하면 죽는다. 우문호가 지금보다 더 강해진다 해도.

"문주, 그자가 은천령 사람이라고 생각하나?"

위지강이 물었다.

샥!

사운평이 비수로 고기를 한 점 잘라내더니 입안에 넣으며 말했다.

"아무래도 그런 것 같아. 우문호 정도의 고수를 쉽게 제압할 수 있는 사람은 나를 포함해도 천하에 열 명이 안 돼."

그 말 속에는 자신도 천하십대고수 안에 든다는 자화자찬이 은근하게 깔려 있었다.

전이었다면 '미쳤군.' '제대로 맛이 갔어.' 하며 비웃었을지 모른다. 그러나 지금은 누구도 비웃지 않았다.

"그중 수단방법을 가리지 않고 천의산장을 무너뜨리려는 사람은 서너 명밖에 없어."

자신과 삼비의 주인 정도.

스슥.

사운평이 다시 고기 한 점을 자르고는, 바로 입에 넣지 않고 마저 말을 맺었다.

"근데 나와 동방진은 아니니까, 뻔하지 뭐."

말을 맺고 막 고기를 입에 넣으려던 사운평이 멈칫했다.

힐끔, 그를 바라본 조연홍이 사운평의 눈길을 따라 고개를 돌렸다.

중년인 한 사람이 완만한 계곡 길을 따라서 올라오고 있었다.

가벼운 걸음걸이, 균형 잡힌 신체. 옷자락과 머리카락이 바람에 흩날리는 중년인의 모습에서 노련한 강호고수의 풍모가 느껴졌다.

"제법인데요?"

사운평이 조연홍을 흘겨보았다.

"우리 연홍이, 많이 컸다. 저 사람을 제법이라고 하다니."

"아는 사람이에요?"

"어."

"누군데요?"

중년인은 사운평 일행을 지나치지 않고 오히려 방향을 틀어서 다가왔다.

"식사 중인데 방해해서 미안하군."

"별말씀을. 괜찮습니다."

"보아하니 고기가 많이 남을 것 같은데, 나에게 조금 팔게나."

"하, 하, 하. 사해가 동도라 했는데 고기 좀 못 드리겠습니까? 돈은 됐습니다."

사운평은 호탕하게 웃으며 고기를 뚝 잘라서 건네주었다.

"고맙네."

중년인은 고기를 받아 들고 근처 바위 위에 앉았다.

고기는 소금을 뿌려서 간이 적당히 배어 있는 데다 무척 부드러워서 씹을수록 감칠맛이 났다.

소도로 고기를 잘라 먹던 그는 고기 맛이 마음에 드는 듯 연신 고개를 주억거렸다.

하지만 그는 사실 고기맛보다 다른 것에 더 신경이 쓰였다.

모닥불 주위로 앉아 있는 다섯 청년과 한 여인.

그들의 얼굴이나 행색은 평범했다. 두어 명은 장래가 걱정 될 정도로 못 생긴 얼굴이었다.

그러나 겉과 속은 또 달랐다.

'정말 대단한 젊은이들이군.'

더구나 그러한 젊은이들이 한 자리에 모여 있다는 것도 놀라운 일이었다.

아마 그래서였을 것이다. 그가 사운평 일행에게 질문을 던진 것은.

"어느 문파의 사람들인가?"

깨작깨작.

사운평이 이 사이에 낀 고기 찌꺼기를 손톱으로 긁어내며 고개를 돌렸다.

"문파라고 딱히 말할 건 없고, 그냥 동료일 뿐입니다."

얼버무리는 걸 보니 말할 마음이 없나보다. 그렇다면 더 물어보는 것도 어정쩡한 일.

중년인은 질문의 방향을 바꾸었다.

"혹시 산서의 일을 잘 알고 있나?"

"알만큼은 알고 있습니다만, 뭘 알고 싶으신 거요?"

태연한 사운평의 행동에 곁에 있는 사람들만 가슴이 두근거렸다.

"뭐든 상관없네."

"천의산장이 진성 풍검보에 와 있다는 건 아십니까?"

"그건 아네."

"신궁과 천화궁이 장치에서 대판 싸우고는 양패구상을 당했다는 것도 아시겠군요."

"오면서 소문을 들었지."

"그 모든 일이 어떤 음흉한 세력에 의해서 벌어지고 있다는데, 그것도 아십니까?”

　중년인의 표정이 차갑게 굳어졌다.

　“어렴풋이 짐작은 하고 있네.”

　“그럼 뭐 다 아시는군요. 자잘한 거야 제가 일일이 설명드릴 수도 없는 문제고.”

　“하긴 그렇군. 그럼 하나만 더 물어보세.”

　“그러시죠.”

　“혹시 천해문주 사운평이라는 사람에 대해서 들어보았나?”

　“아! 그 천하제일해결사라는 사람 말입니까?”

　사운평의 넉살에 바라만 보고 있던 사람들은 온몸이 근질거렸다.

　“이곳까지 알려졌나 보군.”

　“듣기로는 청부 해결에 타의추종을 불허한다고 하더군요.”

　“능력은 괜찮은 놈이지.”

　놈?

　그 말을 듣고도 가만있으면 사운평이 아니다.

　“검종 금우경도 그를 이기지 못했다고 하던데요. 단심객 등초력도 깨·졌·고. 사실입니까?”

　북야진 등은 흠칫해서 중년인의 눈치를 살펴보았다.

　그런데 중년인이 말했다.

　“맞네. 그도 깨졌지.”

　“정말입니까?”

　“정말이네. 그래서 그는 자신이 패한 것을 확인하려고 그를 찾고 있네.”

"아, 그렇군요."

사운평은 그쯤에서 말장난을 마치고 손을 털었다.

길면 꼬리가 잡히는 법.

"저희는 그만 가 봐야겠습니다. 어차피 남은 고기니 더 드시고 싶으면 드십쇼."

기다렸다는 듯 다른 사람들도 그를 따라서 후다닥 일어났다.

"나중에 만나서 좀 더 많은 이야기를 나누었으면 싶군."

"인연이 있으면 만날 수 있겠죠."

사운평은 어깨를 으쓱하고 그곳을 떠나갔다.

중년인은 사운평 일행이 구비를 돌아서 사라지자 다시 모닥불 쪽으로 고개를 돌렸다.

고기가 삼분지 일쯤 남아 있었다.

그는 소도로 고기를 잘라냈다.

'장치로 가면 그놈의 행방도 알 수 있겠지.'

그런데 목이 근질근질했다. 꼭 가시가 걸린 것처럼.

고기에는 이상이 없었다. 이상은커녕 최근 먹은 음식 중 제일 맛있었다.

'왜 이러지?'

문득, 오래전에도 이런 기분이 들었던 때가 있었다는 기억이 떠올랐다.

언제였더라?

잠깐 기억을 더듬던 그의 눈이 점점 커졌다.

'그 자식!'

훽, 고개를 돌린 그가 계곡 위쪽의 구비를 노려보았다.

건들거리며 걸어가던 청년의 뒷모습이 주마등처럼 스쳐 지나갔다.

옆구리의 칼도.

'그 칼! 그 걸음걸이!'

끝내 그의 입에서 잘게 씹힌 고기가 욕과 함께 튀어나왔다.

"젠장! 그놈이었어!"

휘이익!

중년인, 등초력은 독수리처럼 몸을 날려서 계곡 위를 향해 날아갔
다.

하지만 아무리 달려도 사운평 일행은 보이지 않았다.

*   *   *

사운평은 쉬지 않고 연풍 입구까지 달렸다.

다른 사람들도 그를 따라다니다 보니 신법이 일취월장한 터라 많
이 뒤처지지는 않았다.

"휴우, 그 양반도 참. 왜 나를 찾아다녀?"

"원수진 거라도 있어요?"

원수진 적은 없다. 물건을 가로챘을 뿐.

"패했으면 패한 거지, 뭘 확인하겠다는 거야?"

사실 자신의 정체를 들킨다 해도 문제 될 것은 없었다. 자신이 더
강하니까.

"왜 피한 건가? 차라리 그 자리에서 해결하는 게 낫지 않았나?"

북야진이 이해할 수 없다는 표정으로 물었다.

사운평 자신도 그러고 싶었다.

아예 정체를 밝히고 그가 원하는 대로 패배를 확인시켜줄 수도 있었다.

그런데 정주에서 다 죽어가는 모습을 본 이후로는 그와 더 다투고 싶지 않았다.

미운 정도 정이라고…….

"그럴 일이 있수. 그만 갑시다."

북야진이 다시 물었다.

"이제 역용을 지워도 되지 않겠나?"

다른 사람들도 일제히 사운평을 바라보았다. 지워주지 않으면 평생 원수로 삼을 것처럼 살벌한 눈빛이었다.

"잠깐만 기다려. 오줌 좀 받아올 테니까."

"오줌?"

"특수한 역용을 해서 지우려면 오줌이 필요하거든."

"……."

빌어먹을!

그래도 남자들은 나았다. 북야설은 이를 으드득 갈며 사운평의 등을 노려보았다.

'차라리 내가 이 얼굴로 살고 말지!'

그때 사운평이 고개를 돌렸다.

"어이, 소강. 날 따라와."

"나? 왜?"

"설의 역용을 내 오줌으로 지워줄 순 없잖아."

"……."

"그것도 싫으면 설이 직접 받아오던가."

＊　　　＊　　　＊

사운평 일행이 한바탕 야단법석을 떨며 역용을 지우고 도착했을 때, 태을장에는 손님이 한 사람 더 늘어나 있었다.

"허허허, 잘 다녀왔나?"

언송초가 너털웃음을 지으며 손님을 소개했다.

"인사하게. 내 오랜 친구인 취우선생(醉友先生)이네."

마침내 강호사괴의 마지막 사람을 만났다.

사운평에게는 언송초나 그나 문제가 있는 사람에 불과했지만.

"사운평이라 합니다. 천해문을 맡고 있죠."

"말은 많이 들었네. 이 늙은이가 찾아와서 번거롭게 하는 건 아닌지 모르겠군."

사운평을 잘 몰라서 하는 소리다.

문제가 있는 사람이든 뭐든 보탬이 된다면 누구든 가리지 않는 사람이 그였다.

"별말씀을. 평생가도 한 사람 만나기 힘들다는 강호사괴를 일 년 만에 다 만나 봤으니 제가 영광이죠."

"허허허, 그렇게 생각하니 다행이군."

취우선생은 고아한 대학자처럼 웃으며 사운평을 응시했다.

'특이할 것 없는 아인데…….'

'네 영감 중 그나마 제대로 나이를 먹은 것 같군. 아니지, 그래도 사괴인데 저 표정을 다 믿을 순 없지.'

언송초의 방을 나선 사운평은 이연연을 찾아갔다.

이연연이 누워서 그를 반겼다. 창백한 얼굴로 미소 띤 표정을 보니 가슴이 더 아팠다.

"다녀왔어요?"

"몸은 좀 어때?"

"많이 좋아졌어요. 끊어진 힘줄만 붙으면 다 괜찮을 거래요."

힘줄이 붙으려면 오랜 시간이 걸린다고 했다. 얼마나 오랜 시간이 걸릴지는 고한사조차 확실하게 알지 못했다. 와중에 큰 충격이라도 받으면 영원히 이어지지 않을 수도 있고.

사운평은 가슴이 아팠지만 억지로 웃었다.

"그래? 그거 다행이네. 이제 기운 내서 빨리 일어나. 나와 놀러 다녀야지."

"예, 오빠. 아 참, 새로 온 할아버지 보셨어요?"

"어, 조금 전에 봤어."

"정말 배울 게 많은 분이에요. 치료하는 동안 그분께 학문이나 배울까 해요."

"학문?"

그 고리타분한 걸?

그래도 연연이가 좋다면 좋은 거다.

"그래, 열심히 배워. 그래야 우리 아기도 유식하다는 소리 듣지. 음하하하."

"아이, 오빠도……."

"연연아……."

사운평은 이연연의 몸을 슬그머니 잡아당겼다. 이연연도 못이긴 척 사운평의 품에 안겼다.

사운평이 이연연의 얼굴을 빤히 바라보며 천천히 고개를 숙였다.

그때였다.

덜컹!

"대형! 식사……."

조연홍이 사운평을 부르며 문을 열었다. 아니 문을 엶과 동시에 사운평을 불렀다.

하지만 문이 열린 것도 잠깐뿐.

쾅!

부서질 듯 세차게 닫혔다.

그 직후 들리는 사운평의 서슬 퍼런 목소리.

"연 · 홍. 도망가면 죽 · 는 · 다."

'씨바!'

잠시 후.

사운평은 식사하러 가기 전 조연홍과 십초 비무를 하며 기분을 가라앉혔다.

조연홍이 삼초 만에 '제가 졌습니다, 대형!' 하며 항복했지만, 사운평은 악착같이 십초를 채웠다.

그러고는 비무가 끝나자 시원해진 표정으로 말했다.

"제법 많이 늘었는데? 이제는 어지간한 절정고수도 우리 연홍이를 이기기 힘들겠어."

비척거리며 일어난 조연홍이 사운평을 째려보았다.

'지미, 그거 좀 봤다고 눈을 때려. 하마터면 눈깔 터질 뻔했잖아.'

오른쪽 눈두덩이 벌겋게 물들어 있었다. 아마도 내일쯤이면 시퍼런 색으로 변할 듯했다.

사운평이 그 눈두덩을 보고 피식 웃으며 돌아섰다.

"식사나 하러 가자."

조연홍은 사운평의 뒤통수를 노려보았다.

'진짜 형만 아니면 콱……!'

그런데 귀신이 따로 없었다.

사운평이 걸어가며 고개도 돌리지 않고 말했다.

"연홍, 비무에 불만 있어?"

"아, 아뇨? 불만은 무슨……."

그게 비무야? 그냥 팬 거지.

"왼쪽 눈알 성한 걸 다행으로 생각해."

"저도 그렇게 생각하고 있습니다, 대형."

"생각해 봐. 네가 소소하고, 에…… 거시기…… 좌우간 뭘 하고 있는데, 내가 갑자기 문을 열면서 소리치면 기분 좋겠어?"

"당연히 안 좋죠."

"아마 나를 패죽이고 싶을걸?"

'힘만 있다면 잘근잘근 밟아서 죽이려 하겠죠.'

"어쩌면 눈알을 빼려고 할지도 모르지."

'두 눈알을 다 뺐을 거요.'

"그래도 나나 되니까 한쪽 눈만 때린 거야."

"죄송합니다, 대형."

"앞으로 입조심해. 내 귀에 이상한 이야기가 들리면 왼쪽 눈알이 괴로울 테니까."

"걱정 마세요. 말하지 않을 테니까요."

"소소에게도 나에게 맞았다는 말 하지 말고."

"물론이죠. 제가 실수해서 기둥을 받았다고 할 게요."

"내가 너 친동생처럼 좋아하는 거 알지? 형제간의 정에 금가는 짓은 하지 마. 잘못하면 이가 흔들려서 네가 좋아하는 고기를 한동안 못 먹을 수도 있어."

"저도 잘 압니다, 대형."

이가 흔들리는 게 아니라, 생니가 뽑힐지도 모른다.

대형은 충분히 그러고도 남을 사람이다.

'후우, 내가 어쩌다가……'

*　　　*　　　*

구양곡이 피로 물든지 이틀 후. 청산보에 여량산의 혈겁 소식이 전해졌다.

"뭐야? 백군맹이 구양곡을 공격해?"

벌떡 일어난 상관종산의 몸이 부르르 떨렸다.

온몸이 피로 물들어 있는 무사가 피를 토하듯 말했다.

"예, 궁주! 백군맹의 공격으로 구양곡에 남아 있던 원로와 무사들이 대부분 죽음을 당했습니다!"

신궁의 장로와 주요간부들은 너무나 놀라서 입이 달라붙었다.

"그 죽일 놈이 감히!"

두 주먹을 불끈 움켜쥔 상관종산의 눈에서 분노의 불길이 쏟아졌다.

"궁주! 어서 구양곡으로 돌아갑시다!"

"배신자들에게 뜨거운 맛을 보여줘야 합니다!"

너도나도 나서서 소리쳤다.

상관종산은 깊게 고민하지 않았다.

천화궁과 싸우는 것도 구양곡을 되찾은 후에 할 일이다.

가족과 형제들이 혈해에 잠겼거늘, 어찌 모른 척하고 천화궁과 싸울 수 있단 말인가.

"구양곡으로 돌아갈 거요! 부상이 심하지 않은 무사들을 모두 소집하시오!"

장로와 간부들이 부리나케 밖으로 달려 나갔다.

상관종수 역시 몸을 돌렸다.

'이제 마지막 절차만 남았군.'

*   *   *

태을장에도 여량산 쪽 소식이 전해졌다.

소청이 직접 태을장까지 달려와서 말해 주었는데, 오히려 상관종산이 소식을 들은 시각보다 간발의 차이로 빨랐다.

그만큼 소청의 정보망은 빠르고 정확했다. 지불한 돈이 아깝지 않을 정도로.

"백군맹이 정말로 신궁을 공격했단 말이죠?"

사운평이 되물으며 눈을 가늘게 좁혔다.

"그렇다니까."

소청이 툭 쏘듯 대답했다.

'지금 내 말을 못 믿겠다는 거야?' 그런 표정이었다.

하지만 사운평은 신경 쓰지 않고 입술 끝을 비틀었다.

"일이 묘하게 흐르는군요."

영호명이 그 모습을 보고 의아한 표정으로 말했다.

"우리야 어느 쪽이 공격당하든 상관없는 일 아닌가?"

"물론 신궁이야 망하든 말든 상관없는 일이죠. 하지만 산서의 상황은 많이 달라질 겁니다."

"아무래도 그렇게 되겠지."

"흠, 그런데 천화궁도 그 사실을 알고 있는지 모르겠군요."

"아직 모를 거네. 우리 오령문은 우리만의 특별한 방법으로 연락을 취하기 때문에 남보다 항상 한발 앞서고 있지."

소청이 자랑스럽게 말했다. 언송초가 속으로 혀를 차고 있는 줄도 모르고.

'그런 능력이 있으면서 왜 삼백 냥만 받아?'

사운평이야 무척 만족했지만.

"그럼 제가 가서 알려 줘야겠군요. 수고 많으셨습니다."

"하, 하, 하. 수고는 뭐, 그 정도야 기본이지."

소청이 기분 좋게 웃었다. 칭찬을 받은 아이처럼 환한 표정으로.

언송초는 포기했다는 듯 고개를 설레설레 저었다.

'강호 친구들이 알면 기절하겠군.'

그러든 말든 사운평은 나름대로 머리를 굴리고 영호명에게 말했다.

"노선배님. 우리도 계획을 바꿔야할 것 같습니다."

"계획을 바꾸다니? 어떻게 말인가?"

"저는, 신궁이 백군맹만의 힘에 의해서 무너졌다고는 생각지 않습니다."

"그럼……?"

"누군가가 뒤에서 상황을 조종했을 가능성이 큽니다."

사운평의 그 말에 사공청우가 흠칫했다.

"누군가라면…… 은천령이란 무리 말인가?"

"그들일 수도 있겠죠. 아니 그들일 가능성이 가장 크다고 봐야겠죠."

영호명이 침음을 흘렸다.

"으으음, 정말 그들이 사주해서 백군맹이 신궁을 공격했다면 가볍게 넘길 사안이 아니군."

"그래서 말입니다만, 그 좋은 소식을 신궁에게 전해 줄 생각입니다."

좋은 소식? 열 받을 소식이 아니고?

정말 사악한 놈이다.

"꼭 그렇게까지 할 필요가 있겠나?"

육환이 반문하며 탐탁지 않은 표정을 지었다. 그러나 사운평은 오히려 냉소를 지었다.

"알려주는 김에 사회곡까지 알려 줄 생각입니다."

공짜로!

"열 받으면 그곳으로 달려가겠죠."

어렴풋이 사운평의 마음을 눈치챈 언송초의 입이 달라붙었다.

'지독한 놈. 누가 죽든 대판 싸워보라, 이거지?'

담담하게 앉아 있던 취우선생의 눈빛도 깊이를 알 수 없게 무채색으로 가라앉았다.

'잔머리 하나는 정말 잘 굴리는군.'

*　　　*　　　*

어둠이 하늘을 검게 물들인 술시 초, 신궁의 철수소식이 칠성장에 전해졌다.

"뭐야? 신궁 놈들이 철수한다고?"

"예, 아버님. 상관종산은 물론이고, 몸이 성한 무사들은 모두 청산보를 떠났다고 합니다."

동방수의 보고를 받은 동방진은 이마를 찌푸렸다.

생각지도 못한 일이 연이어서 벌어지고 있었다.

"백군맹에 이어서 신궁마저 철수하다니, 정말 이상한 일이군. 너는 어떻게 생각하느냐?"

"아무래도 우리가 모르는 일이 벌어진 것 같습니다. 무사들을 급파

해서 정확한 상황을 알아보라 했으니 곧 이유가 밝혀질 것입니다."

동방수가 동방진에게 보고를 올리던 그 시각.

백교하는 자신의 방에서 차를 마시며 초조한 표정으로 사운평을 기다렸다.

사흘 후 오라고 했는데, 예감이 오늘 밤쯤 올 듯했다.

'그런데 이연연이라는 여인은 어떤 여인일까?'

문득 사운평의 부인이나 다름없는 여인이라는 이연연에 대해 궁금해졌다.

진방방의 말에 의하면 무척 아름다운 여인이라 했다. 마음씨도 고와서 모두가 좋아한다던가?

그 여인이 얼마 전 천의산장의 소공인 공손건에 의해서 부상을 입어 다리를 크게 다쳤다고 했다.

참 이상했다. 위로하는 마음이어야 하는데 그보다는 은근히 엉뚱한 생각이 먼저 들었다.

이연연이 많이 다쳤으면 자신이 파고들 공간이 생기지 않을까? 그런 마음.

'후우, 내가 왜 이러지?'

백교하는 속으로 한숨을 쉬며 부목을 대고 있는 팔을 매만졌다. 자신이 그런 사악한 생각을 하고 있다는 게 씁쓸하기만 했다.

'그런 마음을 품고 있으니 이렇게 팔이 부러지지.'

그때 한 줄기 바람이 머리카락을 흔들었다.

'응?'

그녀는 별 생각 없이 고개를 돌렸다가 숨이 멎을 뻔했다.

언제 들어왔는지 사운평이 방문 안쪽에 서 있었다.

"많이 놀랐어요?"

그럼 놀라지 안 놀라!

하지만 입에서는 엉뚱한 말이 흘러나왔다.

"아니에요. 괜찮아요."

"몰래 오라고 해서 사람들 눈을 속이다 보니…… 하, 하."

머쓱하게 웃은 사운평은 백교하의 맞은편에 앉았다.

몰래 오란다고 도둑고양이처럼 숨어들어?

만약 자신이 안 좋은 말이라도 하고 있었으면 얼마나 무안했겠어?

심통이 난 백교하는 사운평을 흘겨보며 툭 쏘아붙였다.

"남의 방에 몰래 숨어드는 걸 많이 해봤나 봐요?"

"그게 말이죠, 해결사 일이라는 게 본래 비밀을 요할 때가 많아서…… 하지만 여자 혼자 있는 방에는 오늘이 처음입니다."

"그걸 누가 믿어요?"

"믿어서 밑질 거 없으니 그냥 믿으쇼."

"좋아요. 그럼 오늘만 믿죠."

"근데 왜 몰래 오라고 한 거요?"

"상의할 게 있어서요."

"그래요? 어디 말해 보쇼. 뭘 상의하려고 하는지."

사운평의 말에 입을 여는 백교하의 표정이 서서히 긴장감으로 물들었다.

"제가 지나치게 우려하는 건지 모르겠는데, 아무리 생각해 봐도 셋째 공자가 조금 이상해요."

"셋째? 동방수?"

"예."

순간적으로 사운평의 눈에서 섬광이 번뜩였다. 그 역시 동방수를 만났을 때 뭔지 모를 괴리감을 느끼고 있던 터였다.

"어디, 뭐가 이상한지 구체적으로 말해 보쇼."

*　　　*　　　*

"응? 자네, 언제 왔나?"

동방환은 천선전으로 들어서는 사운평을 보고 눈을 크게 떴다.

"조금 전에 왔수."

"미리 말해 주지 않고."

"그럴 만한 이유가 있으니까 조용히 왔죠."

"이유?"

"어디 조용한 곳에 가서 이야기 좀 하죠?"

사운평이 평소와 다르다는 걸 눈치챈 동방환이 몸을 돌렸다.

"따라오게."

천선전에는 작은 지하서실이 있었다.

동방환은 사운평을 그곳으로 데려갔다.

잠시 후, 이야기가 몇 마디 진행되지도 않았는데 동방환의 표정이 석고처럼 굳어졌다.

"그게 사실인가?"

도무지 믿어지지가 않는 듯 사운평을 바라보는 눈빛이 불신으로 가득 차 있었다.

"내가 동방 형을 알지 못했다면 말하지 않았을 거요. 어쨌든 나는 내가 알고 있는 걸 말해 줬으니, 사실인지 아닌지는 동방 형이 알아보쇼. 단, 절대 그에게 알려져서는 안 되니 철저히 조심하고."

"알겠네."

동방환의 입에서 쥐어짜는 목소리가 흘러나왔다.

그는 사운평의 말을 믿고 싶지 않았다. 믿는다는 것 자체가 너무나 가슴 아픈 일이었으니까.

하지만 가능성이 일할이라도 있다면 방관할 수 없었다.

누가 그랬던가? 악을 방관하는 것은 정의를 죽이는 일과 같다고.

"당분간은 공식적으로 올 수 없으니 전할 소식이 있으면 사람을 보내죠."

"그렇게 해 주면 고맙겠군."

"천 냥이오."

물론 금자다.

"……천……냥?"

되묻는 동방환의 입술이 이지러졌다.

'도대체가 이놈은……!'

"후불로 해드리죠. 사실 확인 단계를 거쳐야 하니까. 싫어요?"

"아, 아니네. 자네 말이 사실이라면 우리로선 고마워해야 할 일이지."

"하, 하. 역시 동방 형과는 말이 통하는군요."

"그렇게 생각한다면 하나만 부탁하세."

"부탁요?"

"만약 나에게 무슨 일이 생기면, 교하에게 내 말을 전해주게."

"무슨 말을……?"

"전에 내가 교하에게 부탁한 것이 하나 있네. 그 부탁, 없었던 것
으로 하라고 하면 무슨 말인지 알 거네."

사운평은 고개를 갸웃거렸다. 왠지 의미심장하게 들렸다.

"그런 말은 직접 하시지? 꼭 무슨 일이 생길 때까지 기다려야할
이유라도 있어요?"

"지금 말하기 어려운 사정이 있네."

"부끄러워서 그런 건 아니고요?"

"그게 아니네."

"남자가 뭐 그런 걸로 부끄러움을 타요?"

부끄러워서 그런 게 아니라니까!

"좌우간 대답해 보게. 해줄 수 있겠나?"

"뭐 못해줄 건 없는데…… 그래도 내가 그 말을 전하지 않도록,
꼭 살아남으쇼."

＊　　　＊　　　＊

동방환을 만나고 천선전을 나선 사운평은 왕호광을 찾아갔다.

신궁의 철수소식을 전해 준 그는 두어 가지에 대해서 심도 깊게 이

야기를 나누었다.

그래 봐야 이야기의 요점은 간단했지만.

— 나머지 뱀새끼 두 마리도 가만있지 않을 거요. 일이 급박하
게 흐르면 사람을 보낼 테니 우리와 손발을 맞춰서 움직여주쇼.

왕호광은 사운평의 말에 무겁게 고개를 끄덕였다.

참으로 어이없는 일이었다.

당금 강호를 주도하는 세력은 무림맹도, 신주구세도, 삼룡도, 삼
비도 아니다.

웃기게도 천해문의 주인이라는 청부업자 사운평, 바로 앞에 있는
자다.

사운평의 말 한마디 행동 하나가 강호의 정세를 바꾸어놓고 있는
것이다.

남들은 그걸 모르고 있다. 어쩌면 그래서 사운평이 더 무섭게 느
껴지는지도 모르고.

"알겠네. 그렇게 하지."

왕호광의 대답을 들은 사운평은 몸을 일으켰다.

"그럼 이만 가보겠수."

사운평이 돌아서 방을 나서려는데 왕호광이 말했다.

"하나만 묻겠네. 꼭 대답해 주었으면 좋겠군."

"말해 보쇼."

"자넨 비천문과 어떤 관계인가?"

사운평은 천천히 몸을 돌려서 왕호광의 눈을 바라보았다.

"짐작하고 있는 것 같은데?"

"그럼 정말로……?"

비천문 중 셋은 드러났다. 남은 둘은 빙백류와 살천류.

청부업자라면 물어볼 것도 없이 살천류겠지.

"혹시나 해서 말하는데, 엉뚱한 생각은 하지 마쇼. 나는 비천문을 한 번도 사문이라고 생각해 본 적이 없으니까. 제자들을 싸움붙인 조천자 영감도 사조로 생각해 본 적 없고."

"그렇다고 뿌리가 달라지진 않네."

"뿌리는 개뿔. 쉰 소리 말고 각자 알아서 삽시다."

홱, 몸을 돌린 사운평은 더 들을 말 없다는 듯 문을 확 열고 밖으로 나갔다.

'지미, 비천문이 언제 밥 먹여줬어?'

第九章

돈 벌기 좋은 때

봄바람이 미친 듯이 불던 날.

황사바람에 밀리듯 서쪽에서 달려온 무사 백여 명이 태을장을 찾아왔다.

앞장서서 정문으로 들어선 이는 덩치가 곰만 했다.

언소소와 몰래 장원을 나서려던 조연홍이 그를 보고 눈이 커졌다.

"어? 관 형?"

"조금 늦었네. 문주는 안에 있나?"

괄괄한 목소리로 인사를 건넨 사람은 다름 아닌 관호였다.

조연홍은 놀러나가는 것을 포기했다.

"제가 안에 들어가서 말씀드리겠습니다. 소소야, 이분들을 모시고 정청으로 가."

관호는 일곱 사람을 대동하고 들어왔는데, 구룡신도 관욱은 물론 악종화의 부친인 악경도 있었다.

"오시느라 수고하셨습니다."

조연홍의 연락을 받고 정청으로 나온 사운평은 밝은 표정으로 그들을 맞이했다.

천도맹의 주요 고수들이 모조리 출동했다. 면면을 보아하니 결판을 내기로 작정한 듯했다.

언제 폭발할지 모르는 상황에서 그들의 합류는 천군만마였다.

안면이 있는 악경이 먼저 착잡한 표정으로 인사를 받았다.

"오랜만이네."

그는 할 말이 더 있는 듯 입술을 달싹였지만 끝내 말을 하지 않았다. 악종화에 대한 이야기를 꺼내려고 하니 가슴이 먹먹해진 것이다.

그사이 관욱이 사운평을 뚫어지게 바라보며 말을 건넸다.

"자네가 천해공자 사운평이군. 내가 호아의 아비인 관욱이네."

"직접 뵈니 소문보다 배는 더 멋진 풍채를 지니셨군요."

"허허허, 듣던 것보다 훨씬 호방한 청년이구먼."

관욱은 너털웃음을 터트리며 정청에 나와 있는 사람들을 슬쩍 둘러보았다.

놀랍게도 하나하나가 고수였다.

그중 영호명과 사공청우를 알아본 관욱이 화들짝 놀라서 포권을 취했다.

"낙일검제 선배와 검성 선배를 이곳에서 뵙게 될 줄은 몰랐습니다."

영호명과 사공청우도 마주 인사말을 건넸다.

"잘 왔네. 안 그래도 사 문주에게 듣고 기다렸지."

"섬서의 맹주가 이곳까지 오다니, 강호를 생각하는 마음이 대단하구면."

"별말씀을. 악 대주와 본 맹 무사들의 복수를 위한 일인데 어찌 구경만 할 수 있겠습니까?"

"아, 이쪽은 창천신도 호 형이네. 그리고 저쪽은 육 아우고……."

영호명이 정파고수들을 소개했다.

관욱은 그들과 인사를 나누면서도 가슴이 묵직해졌다.

올 때만 해도 천도맹의 이름으로 산서를 뒤흔들어보겠다는 포부가 있었다.

그러나 그는 태을장에 도착한 지 반 각도 되지 않아서 그 포부를 가슴속에 구겨 넣어야만 했다.

사운평은 눈치만으로도 관욱의 마음을 짐작하고 미소를 지었다.

"마침 상황이 급박하게 흘러가고 있던 참인데, 잘 오셨습니다. 일단 앉으시지요."

*   *   *

삼월이 반쯤 지나간 어느 날 오후.

누런 바람을 뚫고 날듯이 황야를 가로지른 무사 백수십 명이 풍검보 정문을 당당히 통과했다.

천의산장과 검천성의 고수들이었다.

그런데 놀랍게도 선두에선 백의노인은 천의산장의 태상장주 공손수경이었고, 한 걸음 뒤 좌측의 장대한 체구를 지닌 중년인은 검천성주 주철위였다.

마침내 천의산장과 검천성의 주요 고수들이 산서에 총출동한 것이다.

공손무곡은 연무장으로 직접 나와서 그들을 맞이하며 희미한 미소를 지었다.

'드디어 왔군.'

그러나 공손수경과 마주한 지 일각도 지나지 않아서 그의 좋았던 기분이 바닥까지 가라앉았다.

산서의 상황에 대한 설명이 끝나자마자 공손수경이 공손건에 대한 이야기를 꺼낸 것이다.

"그건 그렇고…… 건아에 대한 말을 들었다. 어떻게 된 거냐?"

공손무곡은 그에 대한 대답을 금우경에게 떠넘겼다.

금우경은 태을장에서의 일을 자세히 설명해 주었다. 될 수 있으면 사견을 피력하지 않고 사실만 그대로 나열했다.

그의 설명이 끝나자, 공손무곡이 몇 마디 덧붙였다.

"아비의 말을 듣지 않고 제멋대로 행동해서 벌을 주려고 했습니다만, 몰래 이곳을 떠났습니다, 아버님."

"건아는 너의 아들이기도 하지만 내 손자이기도 하다. 이제부터 그 아이에 대한 일은 나에게 맡겨라."

"아버님……."

"그깟 청부업자 하나 때문에 내 손자에게 벌을 주겠다니, 도대체 무슨 생각인 거냐?"

공손수경이 다른 일은 냉정하게 따져서 결정을 내리지만, 공손건 만큼은 지나칠 정도로 감싸고돌았다.

외손자인 주호정이 죽은 후로는 더 심해져서 공손무곡조차 함부로 공손건을 나무랄 수 없을 지경이었다.

그런데 문제는 공손건만이 아니었다.

"분명히 알아두어라, 무곡. 이번 일이 잘못되면 너에게도 잘잘못을 따질 것이니, 그리 알고 최선을 다해야 할 것이다."

싸늘함이 느껴지는 말투에 공손무곡의 표정이 굳어졌다.

'이상하군. 무슨 일이 있었나?'

떠나올 때의 공손수경이 아니다. 공손건 때문에 그런 것만은 아닌 듯했다.

공손무곡은 한쪽에 서 있는 우개양을 바라보며 전음으로 물었다.

『무슨 일이 있었던 거냐, 개양?』

『속하도 잘 모르겠습니다, 대공.』

공손무곡은 더 묻지 않았다. 우개양의 대답도 왠지 모르게 성의 없이 들렸다.

'내가 모르는 뭔가가 있어.'

*   *   *

여량산 구양곡에 도착한 상관종산은 폐허 앞에서 넋을 잃었다.

구양신궁의 모든 것이 단 며칠 사이에 잿더미로 변해 버렸다.

이 분노를 어찌 말로 표현할 수 있으랴!

더구나 백군맹이 살아남은 여인과 노인 수십 명을 모조리 잡아갔다고 하지 않는가.

개중에는 그의 숙부도 있었고, 며느리도 있었고, 어린 손자도 있었다.

"아버님! 크흐흑!"

상관종산의 장자인 상관욱이 한 서린 눈물을 흘리며 무릎을 꿇었다.

다른 사람들 역시 그와 크게 다르지 않았다.

부모가, 아내가, 어린 자식들이 인질로 잡혀갔다.

분노만 앞세우고 백군맹을 공격할 수도 없는 상황. 폐허를 뒤지는 구양신궁 무사들의 어깨가 축 처졌다.

그렇게 하루가 지났을 때, 그의 손에 서신 한 장이 쥐어졌다.

폐허 위에서 서신을 펼쳐본 상관종산은 눈에서 불길을 쏟아 냈다.

"은천령 놈들이 백군맹을 뒤에서 조종했다고?"

게다가 서신에는 은천령의 본거지에 대해서도 친절하게 설명이 되어 있었다.

천의산장과 무림맹이 공격을 준비하고 있다는 사실도 적혀 있었고.

"사실일 가능성이 크네, 궁주. 그렇지 않고서야 백군맹이 어찌 하루아침에 배신을 한단 말인가?"

"그놈들을 쳐서 형제들의 한을 풀어줍시다!"

"당장 달려갑시다, 궁주!"

"명을 내려 주십시오!"

원로와 간부들이 너도나도 소리쳤다.

상관종산으로선 선택의 여지가 없었다.

정보의 신빙성은 차후 문제다. 이성적인 판단 운운하는 것조차 사치였다.

태산처럼 쌓인 분노를 풀 수만 있다면 무슨 짓을 못하랴!

하물며 무림맹과 천의산장이 은천령이라는 곳을 치기 위해서 움직일 거라지 않는가.

그들과 함께 공격한다면 상대가 누군들 두렵겠는가.

"내일 아침 출발할 것이니, 모두 몸 상태를 최상으로 끌어올리시오!"

"예, 궁주!"

"명에 따르리다!"

모두가 힘을 내서 소리쳤다.

상관종수도 음울한 눈빛으로 포권을 취하며 고개를 숙였다.

*　　*　　*

공손수경과 주철위가 풍검보에 도착했다는 소식이 태을장에도 전해졌다.

분위기가 무겁게 가라앉았다.

"후우우, 공손 노괴까지 온 걸 보면 끝장을 볼 생각인가 보군."

언송초가 긴장한 표정으로 고개를 내둘렀다.

사운평이 손가락으로 탁자를 톡톡 치며 당연한 일이라는 듯 태연히 말했다.

"꿀이 있는데 벌이 달라붙지 않으면 이상한 거 아닙니까?"

"무림맹도 움직였으니 이제 곧 천하가 놀랄 건곤일척의 싸움이 벌어지겠군."

"어쩌면 놈들이 노린 게 그것일지도 모르죠."

그 말에 영호명이 이마를 찌푸리며 말했다.

"놈들이 노렸다? 건곤일척의 승부를 말인가?"

"적을 한 번에 다 처리할 수만 있으면 최상의 결과 아니겠습니까?"

언송초가 짜증 내듯 말했다.

"빌어먹을. 도대체 어떤 놈이 그딴 계획을 세운 거야?"

"삼비총을 무너뜨릴 때부터 그럴 생각이었을 겁니다."

묵묵히 듣고 있던 관욱이 그때쯤 질문 하나를 던졌다.

"무림맹과 천의산장이 그 사실을 모를까?"

사운평이 씩, 차갑게 웃으며 말했다.

"알 겁니다. 그런데 이제는 알아도 물러설 수 없게 되었습니다. 물러서면 주도권을 잃게 될 테니까요."

"자넨 어떻게 할 생각인가?"

"굿이나 보고 떡이나 먹으면 좋겠는데…… 아마 상황이 우리를 가만 놓아두지 않을 겁니다."

그 말을 들은 순간, 조연홍은 불안감이 스멀거리며 등줄기를 타고 기어 올라왔다.

"저, 대형. 돈도 안 되는데, 굳이 우리까지 끼어들 필요가 있을까요?"

"연홍. 때론 말이다, 돈을 떠나서 위험을 무릅써야 할 때가 있는 법이다."

"어떤 때요?"

"사랑하는 사람을 위해서 뭔가를 해야 할 때."

조연홍은 더 말하지 않았다. 느끼한 말인데도 이상하게 가슴 한구석에서 뭉클한 뭔가가 기어 올라왔다.

'확실히 대형은 나보다 생각하는 게 깊어.'

사운평이야 속으로 계산하기 바빴지만.

'이렇게 좋은 기회를 날리면 언제 돈을 벌어?'

* * *

서쪽에서 불어오는 황사바람이 점점 거세질 무렵, 산서로 몰려든 군웅들이 풍태산을 향해 이동했다.

천화궁도, 신궁도 복수심을 불태우며 전진했다.

겉으로는 아무런 움직임도 드러나지 않았다. 바람 한 점 없는 고요 같았다.

그러나 알 만한 사람들은 알고 있었다.

지금 몰려가고 있는 바람이 풍태산에 도착하면 태풍으로 돌변하리라는 걸.

그것도 피비린내 나는 혈풍으로!

*　　　*　　　*

언제부턴가 기이한 냉기가 고요한 소죽원을 휘감았다.

그 냉기 때문인지, 제법 거센 바람이 드넓은 죽림을 제대로 빠져 나가지 못하고 겉으로만 맴도는 듯했다.

그때쯤 소죽원 안에서는 비장한 목소리가 오갔다.

"드디어 놈들이 연혼곡으로 움직이기 시작했습니다."

수연평은 찻잔을 내려놓았다.

"준비 상황은?"

"완벽합니다. 최소한 놈들의 칠팔 할은 그곳에 뼈를 묻어야 할 겁니다."

"우리도 떠나자. 이곳은 처분하지 말고 하인들에게 관리를 맡겨 놓아라."

수연평은 방 안을 둘러본 후 자리에서 일어났다.

스산한 냉기가 출렁거렸다. 그 어떤 살기보다도 지독한 냉기가.

"그날이 언제일지 몰라도, 승리하면 다시 돌아올 것이고, 패하면 혼만 돌아올 터, 하늘 아래 우리의 자취를 남겨 놓는 것도 나쁘진 않을 것 같구나."

"이령주……."

"진복, 만약…… 최악의 경우가 닥치면…… 너만은 어떻게든 살아남아라."

"……!"

"네가 가족을 지켜다오."

"숙부, 우리는 반드시 이길 것입니다."

"그래, 이겨야지. 이겨야 백 년 동안 숨어 산 보람이 있을 테니까."

입술 사이로 씹듯이 몇 마디 내뱉은 수연평은 손을 뻗어서 수진복의 어깨를 짚었다.

수진복의 몸이 미미하게 떨렸다.

"생각해 보니 내가 단 하나 있는 조카에게 그동안 너무 심하게 대했던 것 같구나. 이번 싸움이 끝나면 이기든 지든 고쳐보도록 하마."

털썩.

수진복이 무릎을 꿇고 격동한 표정으로 고개를 숙였다.

"숙부……."

"가자, 진복."

*   *   *

오령문의 정보원들은 하루에 서너 번씩 산서무림의 변화를 태을장에 전달했다.

그날 오후에는 소청이 직접 달려왔다.

요즘 와서 그는 직접 움직일 때가 많았다. 자신은 모르고 있지만, 그는 사운평의 정보원 역할을 하면서 오랜만에 사는 맛을 느끼고 있었다.

"모두 풍태산으로 몰려가고 있네. 내일쯤이면 한바탕 피바람이 불 것 같아."

수십 년 동안 별의별 일을 다 겪은 그도 긴장되는지 표정이 굳어 있었다.

그때 영호명이 말했다.

"운평, 아무래도 우리는 그곳으로 가 봐야 할 것 같다."

깊은 고뇌가 깃든 표정.

본래는 사회곡의 싸움이 끝난 후 살아서 나오는 자들을 공격할 계획이었다.

그런데 마음이 변한 듯했다.

"무림맹 때문에 그러십니까?"

"그들은 최소한 악한 마음을 지니고 이번 싸움에 뛰어들지 않았다. 그들을 죽음의 구렁텅이에 놔두고 구경만 하려니 마음이 편치 않군."

반박할 말이 목구멍 안에서 맴돌았다.

'악한 마음이야 아니겠지만 욕심이 있어서 뛰어든 것은 부정하지 못할 거요.'

그러나 밖으로 뱉어내지는 않았다. 무림맹이 그나마 다른 세력보다 나은 것은 분명했으니까.

그렇다고 해서 동조하고 싶은 마음은 없었지만.

"정 그러시다면 할 수 없죠. 조심하십쇼. 도저히 더 기다릴 수 없는 상황이 닥치더라도 조금 더 기다리시고요."

"으음, 네 말, 가슴에 담고 있으마."

그때 하얀 수염이 덥수룩한 노인이 눈을 부라렸다. 창천신도 호제문이었다. 그는 사운평의 미지근한 태도가 마음에 들지 않았다.

"정말 구경만 할 생각인가? 젊은 친구가 정의는 뒷전이고 너무 자신의 안위에만 신경 쓰는군."

사공청우도 눈살을 찌푸리며 한마디 거들었다.

"때론 자신의 이익보다 먼저 생각해야 할 것이 있네. 우리 같은 늙은이들이 왜 이 타향천리를 달려왔겠나?"

"제가 왜 그 싸움에 끼어들어야 합니까?"

"정의와 협의를 위해서 패악무도한 자들과 싸우는 일에 강호의 젊은이라면 당연히 앞장서서 나서야할 일 아닌가?"

"싫은 건 싫은 거죠. 그들이 뭐 저에게 공짜로 밥 한 그릇이라도 준 적 있습니까?"

"허어어."

"개떼들이 뼈다귀 하나 놓고 싸우는데 끼어들어 봐야 남는 것도 없습니다."

그가 손을 휘휘 젓자, 한쪽에 서 있던 검성장의 다섯 고수 중 하나가 냉랭히 소리쳤다.

"어지간하면 참으려 했더니 말이 과하군!"

"뭐가 과하다는 거요? 그럼 내가 욕심 때문에 눈이 시뻘게진 사람들을 위해서 목숨을 걸고 아수라장에 뛰어들어야한단 말입니까?"

영호명이 언쟁을 말렸다.

"그만하시게. 각자의 사정이 있는데 강요할 수는 없는 일 아닌가?"

그러고는 관욱을 바라보았다.

"관 맹주는 어떻게 할 건가?"

관욱이 이마를 두어 번 꿈틀거리더니 단호한 표정으로 말했다.

"저흰 사 문주와 함께 움직일 생각입니다."

* * *

풍태산 사회곡 가장 안쪽은 삼면이 높은 산으로 둘러싸인 넓은 분지였다.

삼월이 무르익어가던 어느 날 이른 새벽. 수백 쌍의 눈이 동쪽 산 능선 위에서 분지를 내려다보았다.

개중에는 정의감에 불타는 눈도 있고, 복수심으로 시뻘겋게 물든 눈도 있었다.

"아미타불. 모두들 이 땅의 정의를 위해 목숨을 초개처럼 바칠 각오를 하고 이곳에 왔소이다. 빈승 역시 적을 공격함에 있어서 오늘만큼은 자비심을 잊을 거요."

"무량수불, 빈도 역시 마찬가지외다."

"원시천존께서도 우리가 정의를 실현하기 위해 이곳에 왔다는 것을 아실 것이오."

초대 무림맹주인 현양진인을 비롯해서 백양대사와 청원자, 청진자, 백리위연, 제갈문수를 비롯한 무림맹 고위 간부들은 정의를 위해 피를 마다하지 않겠다는 각오를 다졌다.

무림맹 창맹 이후 첫 번째 대대적인 행사다.

천하를 피로 물들이려는 자들과의 싸움.

사형제들을 무덤 속에 생매장시킨 자들에 대한 복수!

"제갈 군사. 천의산장에선 언제쯤 도착할 것 같소?"

현양진인이 묻자, 무림맹 대군사인 제갈문수가 하늘을 올려다보았다. 어느새 동이 터오고 있었다.

"약속대로라면 이각 안에 도착할 겁니다, 맹주."

"그들이 오는 게 확인되면 공격을 시작하도록 하지요. 그들의 꽁무니나 따라다닐 순 없잖소?"

제갈문수의 말대로 천의산장 무사들은 멀지 않은 곳에 있었다. 그러나 이동 중이 아니라 일각 전에 이미 도착한 상태였다.

반대편 산 너머에.

"무림맹이 먼저 와 있을 겁니다."

우개양의 말에 공손무곡이 냉정하게 명을 내렸다.

"일단 그들에게 연락을 취하고, 일각, 일각 차이로 진입한다. 각 공격대의 책임자들에게 전해. 신호가 올라가면 공격하라고."

"예, 대공."

대답하고 고개를 돌려서 풍태산 산정을 바라보는 우개양의 눈 깊은 곳에서 살기가 흘렀다.

'우문호 때문에 일이 이상하게 틀어졌어.'

풍태산으로 오기 전에 우문호가 풍검보를 한바탕 뒤집어놓았어야 했다.

그럴 경우 자신은 연수하기로 한 자들을 이용해서 소란을 더욱 키울 생각이었다.

목적은 천의산장의 힘을 이 할에서 삼 할 정도 줄이는 것.

힘의 균형이 맞아야 지옥에 저들의 피가 더 많이 흐를 테니까.

거기다 더해 공손무곡의 입지를 좁힐 수 있으면 금상첨화였다.

그런데…… 조용했다. 우문호가 사라졌다.

뒤늦게 자신의 힘만으로라도 소란을 일으키려 했지만, 한 번 지나간 기회는 다시 돌아오지 않았다.

단 반 시진. 빗나간 작은 계획. 굴러가던 수레바퀴의 방향이 미세하게 틀어졌다.

그 차이가 어떤 결과로 돌아올지……

'그래도 결과는 달라지지 않을 것이다!'

*　　*　　*

운양은 물끄러미 자신의 손을 내려다보았다.

그의 손 위에는 엄지손톱보다 조금 큰 단약이 놓여 있었다.

연혼곡으로 돌아오면서 그는 나름대로 새로운 미래를 꿈꿨다. 하지만 그를 기다리고 있던 것은 희망이 아닌 건곤일척의 배수진이었다.

승리하면 살고 패하면 죽을 수밖에 없는 외길의 승부.

그리고 이제 그때가 왔다.

그의 손에 들린 것은 폭기단(爆氣丹). 공력을 배로 증폭시켜준다는 마단이다.

약효지속 시간은 두세 시진.

그 안에 적을 섬멸해야만 한다.

'이걸 복용해야한단 말이지?'

문제는 부작용이다. 공력을 일시에 증폭시킨 대신 약효가 떨어지면 단전이 텅 비게 된다.

공력을 되찾을 때까지 적어도 하루는 삼류무사조차 상대할 수 없게 된다는 말.

그 외에 고통이라는 또 다른 부작용이 있지만, 그 정도는 문제 될 것이 없다. 수련 시절 항상 겪었던 일이니까.

"삼령주, 놈들이 곧 공격할 것 같소."

운양의 옆에 서 있던, 거친 수염이 사방으로 뻗은 중년인이 말했다. 그는 연혼곡의 곡주인 자추림이란 자였다.

방 안에는 자추림 외에도 일곱 명이 더 서 있었다.

그들의 표정은 산자의 것도, 죽은 자의 것도 아니었다.

모든 것을 운명에 맡긴 자들의 표정.

'그래, 남자가 한 번쯤은 목숨을 걸어보는 것도 괜찮겠지. 정주를 떠나올 때부터 이미 내 길은 정해져 있던 것 아닌가?'

운양은 단약을 입안에 던져 넣고 우적우적 씹었다.

'나는…… 반드시 이길 거다. 그리고 살아날 거다. 반드시!'

*　　　*　　　*

여명이 동쪽 하늘을 붉게 물들일 무렵.

휘이이이익!

휘파람 소리가 길게 울리더니 동쪽 능선에서 공격이 시작되었다.

그로부터 일각 후, 서쪽 능선에서 산사태가 난 것처럼 푸른 물이 쏟아져 내렸다. 천의산장의 공격이 시작된 것이다.

붉은 기운 흐르던 하늘이 푸르게 빛나기 시작할 즈음, 지상은 붉다 못해 시뻘건 피가 흐르고, 피비린내가 짙은 새벽안개와 함께 퍼져 나갔다.

"으아악!"

"막아라!"

"놈들을 죽여!"

새소리 대신 창공을 울리는 처절한 비명!

격렬한 싸움 소리와 뒤섞여서 터져 나오는 악다구니!

"아미타불! 내 한 몸 지옥에 가더라도 마도 무리를 용서치 않으리라!"

"원시천존! 마의 무리를 놓치지 마라!"

그 사이 사이에서 들리는 염불과 도호!

피와 죽음이 사람들의 이성을 서서히 마비시켰다.

그들이 나타난 것은 첫 공격 이후 이각이 지났을 때였다.

계곡을 감싼 삼면의 절벽 틈바구니 사이에서 무사들이 쏟아져 나왔다.

마치 동굴 속에 갇혀 있던 박쥐들이 입구가 열리자 한꺼번에 튀어 나오는 듯했다.

"와하하하하! 위선의 무리여! 지옥에 들어온 것을 환영한다!"

"패왕의 형제들이여! 침입자들을 모조리 죽여라!"

그뿐만이 아니었다.

입구 쪽에서 삼사백 명에 이르는 무사들이 진입했다. 수연평이 패왕문의 정예들을 이끌고 나타난 것이다.

진짜 지옥도는 그때부터 펼쳐졌다.

사회곡 입구로 진입한 상관종산은 계곡 안에서 메아리치는 고함소리를 듣고 검을 불끈 움켜쥐었다.

"가자! 놈들의 피로 형제들의 원혼을 위로하자!"

복수만이 목적이 아니다.

이번 싸움에서 승리한다면 신궁을 다시 일으킬 수 있으리라.

신궁의 무사들은 필사의 각오를 다지며 사회곡 안으로 날듯이 달려갔다.

"우리도 가세!"

능선 위에서 계곡을 바라보던 영호명이 아래쪽으로 신형을 날렸다.

그 뒤를 따라서 사공청우와 호제문, 육환을 비롯한 정파의 고수 사십여 명이 혈해 속으로 몸을 던졌다.

*　　　*　　　*

몸서리처지는 살기에 하늘도 눈을 감았다.

드넓은 사회곡 안은 시신으로 뒤덮였고, 시신에서 흘러나온 피로 질척해진 땅은 사람이 밟을 때마다 비명을 내질렀다.

한 시진에 걸친 싸움은 사회곡을 아비규환의 지옥으로 만들었다.

어느 쪽이 우세하다고 할 수 없는 막상막하의 혈전.

공손무곡은 악을 쓰듯 외치며 무사들을 지휘했다.

"신궁 무사들이 왔다! 모두 힘을 내서 놈들을 쳐라!"

처음 진입했을 때만 해도 싸움이 쉽게 끝날듯했다.

적이 강하긴 해도 자신들을 위협할 정도는 아니었다. 조심을 기한 것이 우습게 생각될 정도.

심지어 무림맹을 앞세운 게 후회되기까지 했다.

우리가 먼저 공격할걸! 그랬으면 주도권을 확실하게 쥘 수 있었을 텐데! 그런 마음.

그런데 승리를 낙관하고 있을 때 그들이 나타났다.

믿어지지 않을 정도로 강한 자들, 핏발 선 눈에서 광기를 뿜어내는 자들이.

게다가 입구 쪽에서도 수백 명의 적이 진입했다.

그들이 나타난 이후부터 싸움은 혼돈으로 치달았고, 결국 모두가 지옥 속에서 허우적댔다.

바로 그때 신궁 무사들이 나타났다.

영호명도 정파고수들을 이끌고 뛰어들었다.

급격히 허물어지던 전세가 간신히 회복되며 팽팽한 대치상태를 유지했다.

'은명곡 무사들만 오면 충분히 이길 수 있어!'

공손무곡은 승리에 대한 희망을 버리지 않았다.

신궁과 정파고수들의 출현으로 승부의 추가 미세하나마 자신들 쪽으로 기우는 듯했다. 이제 은명곡만 온다면 승리할 수 있으리라!

하지만 세상일은 왕왕 뜻하는 바와 다르게 흐르곤 했다.

상관종산은 은천령 무사들을 상대로 광란의 살육을 벌였다.

가슴에 한이 사무친 그는 상대를 죽이는 것만으로 그치지 않았다.

이미 죽어가는 자의 사지를 자르고, 목을 치고, 머리를 부수었다.

그 광경이 어찌나 처참한지 곁에 있던 상관욱이 파랗게 질린 표정으로 소리쳤다.

"아버님! 정신을 차리시고 조심하십시오!"

하지만 광기에 사로잡힌 상관종산은 악을 쓰며 상대를 더욱 처참하게 죽였다.

"놈들을 용서치 마라! 손에 인정을 둘 필요 없다!"

그때 상관종수와 무룡대 조장 셋이 상관종산 쪽으로 다가갔다.

상관종산을 호위하며 적과 싸우던 사대호법은 다가오는 사람들이 상관종수와 무룡대인 걸 보고 별다른 신경을 쓰지 않았다.

광기에 물든 적을 상대하는 것이 버거워서 신경 쓸 정신도 없었지만, 상관종수가 광란하는 상관종산을 진정시켜주기 바랐다.

상관종산 역시 상관종수가 바로 옆에 다가온 것을 알고도 눈을 치켜뜨며 소리만 쳤다.

"종수! 네가 저쪽을 맡아라! 놈들의 목을 자르고 머리를 부숴 버려!"

상관종수는 입을 일자로 다문 채 검을 뻗었다.

푸른 광채가 검첨에서 쭉 뻗어나가며 등을 꿰뚫었다.

그런데 그의 검이 뚫은 것은 적의 등이 아니었다.

"헉! 네가……!"

상관종산은 자신의 가슴을 비집고 튀어나온 검을 붙잡고, 고개를 돌려서 그 검의 주인을 노려보았다.

놀랍게도 그의 등에 검을 꽂은 자는 상관종수였다.

"왜……?"

"내가 왜 당신의 등에 검을 꽂았는지 정말 모르나?"

"무, 무슨 소리를……?"

"나를 하인 취급한 것은 얼마든지 받아들일 수 있었어. 하지만 취아를 노리개 취급한 것은 절대 용서할 수 없는 일이었어."

"그, 그게 언제 적 일인데……."

취아. 연소취. 그녀는 상관종수의 약혼녀였다.

상관종산도 그녀를 좋아했는데, 그녀가 자신이 아닌 종이나 다름 없는 상관종수를 택하자, 그녀를 불러들인 후 만취한 상태에서 겁탈했다.

그 후 연소취는 스스로 목숨을 끊었다.

"그녀가 나를 불렀지. 구해 주기 바라면서. 그런데 나는…… 겁쟁이처럼 가지 않았어. 당신에게 혼날까 봐."

상관종수의 몸이 사시나무처럼 떨렸다. 나직이 말을 맺을 즈음에서야 떨리던 몸이 고요를 찾고, 눈빛도 다시 무심해졌다.

"백 년, 천 년이 지난다 한들 어찌 그 일을 내가 잊을 수 있을까."

"아버님!"

상관욱이 몸을 날리며 상관종수를 향해 검을 뻗었다.

시퍼런 검강 한 줄기가 벼락처럼 상관종수의 등을 향해 내리꽂혔다.

사대호법 중 두 사람도 상관종수를 공격했다.

무룡대 조장들이 상관욱과 호법들을 막아섰다.

상관종수는 옆에서 무슨 일이 벌어지는지 모르는 사람처럼 여전히 무심한 눈빛으로 상관종산만 바라보았다.

"이십이 년 전 그날, 취아의 눈을 감겨주며 맹세했다. 당신만큼은 반드시 내 손으로 죽이겠다고. 이 빌어먹을 구양신궁을 세상에서 지워 버리겠다고."

푸악!

검을 뽑자 피가 분수처럼 뿜어졌다.

상관종수는 눈빛 한 점 흔들리지 않고 검을 횡으로 그었다.

조금 전 상관종산이 적을 그리했던 것처럼, 이번에는 그의 목이 잘리면서 머리가 옆으로 미끄러졌다.

상관종수는 상관종산이 쓰러지는 걸 보지도 않고 신형을 날렸다.

"무룡대는 즉시 이곳을 빠져나가라!"

＊　　　＊　　　＊

사운평은 풍태산에서 서쪽으로 삼십 리 떨어진 송화촌에 머물며 상황을 주시했다.

갈원과 언송초 조손, 취우선생, 이연연을 제외한 모두가 밤을 이용해서 그곳으로 이동했다.

허름한 시골 객잔을 통째로 얻은 사운평은 오령문을 통해서 사회곡의 혈전 소식을 시시각각 전해 들었다.

— 무림맹이 선공을 시작했습니다.

— 일각쯤 지났을 때 천의산장과 검천성이 공격에 가담했습니다.

— 절벽 뒤에서 은천령 무사들이 쏟아져 나오는 바람에 계곡 안이 혼돈의 도가니로 변했습니다.

정보원들의 질린 표정에서 짙은 피비린내가 느껴지는 것만 봐도 사회곡에서 무슨 일이 벌어지고 있는지 짐작이 가능했다.

지금쯤 사회곡의 대지는 핏빛으로 시뻘겋게 물들어 있겠지?

냄새도 상큼한 봄 내음 대신 코를 찌르는 피비린내가 풍길 거고.

정주의 일개 해결사가 어쩌다 이렇게 복잡한 강호의 중심에 서 있게 되었는지, 생각해 보면 어이가 없었다.

이번 전쟁이 끝나면, 정말로 이연연과 여행이나 가야할까 보다.

"문주, 그들이 오고 있네."

뒤에서 위지강의 목소리가 들리자, 사운평은 상념을 접고 고개를 돌렸다.

호흡이 거칠고 얼굴이 상기된 위지강이 객잔 안으로 뛰듯이 들어오고 있었다.

그가 말한 '그들'은 다름 아닌 은명곡 무사들이었다.

은명곡은 그의 고향이라 할 수 있는 곳. 더구나 은명곡의 현 곡주인 선우명은 원수라 할 수 있는 자가 아닌가.

그들을 살펴보고 온 위지강은 격동을 참을 수 없어서 얼굴이 붉게 상기되었다.

"언제쯤 도착할 것 같아?"

"일각 후면 이 근처를 지나갈 거네."

"전력 상황은?"

"인원은 삼백 정도. 곡주인 선우명과 호법, 장로 등 고수라 할 수 있는 자들이 대부분 나왔네. 적어도 은명곡 총 무력의 육 할은 될 것 같더군."

사운평이 이번에는 조연홍에게 물었다.

"연홍, 귀혼문 쪽에 연락은 제대로 했지?"

"예, 대형. 별다른 일만 없다면 지금쯤 약속 장소로 가고 있을 겁니다."

"흠, 그럼 준비는 대충 끝났고……."

만족한 표정을 지은 사운평이 객잔 안을 둘러보았다.

객잔 안에 앉아 있던 모든 사람이 그를 바라보고 있었다.

그가 관욱에게 말했다.

"시간도 없는데, 흥정을 마무리 짓지요."

"말해 보게."

"금자 삼만 냥. 계약이 완료된 후 한 달 이내에 지급할 것. 그 정도면 많이 봐준 겁니다. 어떻게 하시겠습니까?"

관욱은 더 이상의 흥정을 포기했다.

정말 지독한 놈이다.

처음에는 은명곡의 주요 고수들을 처리해 주는 대가로 오만 냥을 요구했다. 그 돈을 마련하려면 천도맹 총단을 팔아야할지 모른다고 했는데도 요지부동이었다.

오히려 천의산장과의 십만 냥짜리 청부도 거부했다면서, 많이 봐 준 것처럼 말했다.

은명곡을 깨부수면 그 정도는 일 년 안에 만회할 수 있다나?

그래도 어쨌든 이만 냥이 줄어들었으니……

게다가 결과가 신통치 않으면 다시 절반으로 줄어든다.

"좋네. 그렇게 하지."

"역시 화끈하시군요. 그럼 출발하죠!"

사람들은 온갖 표정을 지으며 자리에서 일어났다.

조연홍도 사운평을 흘겨보며 입술을 삐죽였다.

'사랑하는 사람을 위해서 뭐가 어쩌고 어째? 하여간 말은…….'

특히 소청의 얼굴은 썩은 감처럼 변색되어 있었다.

'개자식! 그렇게 벌면서 나에게는 삼백 냥만 줘? 어디 두고 보 자!'

그때 사운평이 소청에게 말했다.

"아! 소 노선배도 이제 천해문과 생사고락을 함께할 가족이나 마 찬가지니 배당을 받으셔야죠."

"배, 배당?"

"원래 오 푼인데, 특별히 일 할을 드리죠. 대신 이번 일이 완전히 다 끝나고 철수할 때까지 저희와 함께 해 주셔야 합니다."

일 할이면 얼마야?

'에…… 사, 삼천 냥!'

소청의 입이 쩍 벌어졌다.

그는 흥분한 바람에 '이번 일'의 범위와 '천해문과 생사고락을 함께할 가족'이란 말이 무슨 뜻인지 곱씹어보지도 못했다.

"헤, 헤헤헤. 정말 마음이 넓다니까. 알겠네. 당연히 끝까지 함께 가야지. 자, 가자고!"

언송초는 이제 조언할 생각도 포기했다.

'쯔쯔쯔, 오령문이 천해문의 졸개로 전락했는데도 좋아하기는…….'

第十章

복수(復讐)의 세월을
살아온 사람들

　은명곡주 선우명은 호기를 부리다 피를 보는 어리석음을 저지르고
싶지 않았다.

　젊을 때부터 남몰래 키운 꿈을 이룬 지금, 더욱더 조심해야 했다.

　모험이란 성공을 위한 디딤돌도 되지만, 그보다는 실패의 거울이
될 때가 더 많다.

　위험성이 큰 모험을 즐기는 자, 단번에 뭔가를 이루려는 자는 성
공해도 오래가지 못하는 경우가 많다.

　더 큰 꿈을 이루기 위해 더 큰 모험을 할 테니까.

　그는 가늘어도 길게 살고 싶었다. 그래야 더 많은 기회를 노릴 수
있지 않겠는가.

　"사회곡까지 얼마나 남았지?"

"삼십 리 정도 남았습니다."

"여기서도 살기가 느껴지는 것 같군."

저 멀리 우뚝 서서 대지를 짓누르고 있는 풍태산이 보였다.

삼십 리나 남았는데도 창천으로 뻗치는 살기에 솜털이 곤두섰다.

귓전에서 마치 아스라이 비명과 고함이 들리는 듯하다.

'급하게 달려가서 희생을 키울 필요는 없지.'

"속도를 늦춰라!"

선우명이 명을 내리자, 좌측에서 함께 달리던 자가 조심스럽게 말했다.

"곡주, 너무 늦으면 천의산장에서 강하게 따질지 모르오."

염소처럼 가느다란 수염이 명치까지 뻗은 그는 은명곡 장로원의 원주인 혈섬마신(血閃魔神) 노극렬이었다.

마도의 대표적인 고수인 팔마 중 한 사람.

"흥! 그들은 이번 싸움에 최소한 육 할의 힘을 투입했소. 우리가 도착하기 전에 승리한다 해도 피해가 크면 우리를 함부로 할 수 없을 거요. 걱정할 것 없소."

우측에 있던 자가 선우명의 손을 들어주었다.

"우리가 도착할 때까지 승리를 취하지 못했다면 그만큼 피해도 크다는 뜻 아니겠소이까?"

태상호법인 담가호의 말에 선우명이 하얀 미소를 지었다.

"태상호법의 말씀이 맞소. 늦게 가도 그들은 우리를 반길 수밖에 없을 거요."

시간 차이는 길어야 일각 정도에 불과하다. 하지만 은명곡 고수들의 목숨은 그로 인해서 이 할은 더 보장될 것이다.

선우명은 그렇게 생각했다.

다른 사람들 역시 죽는 것보다는 나았기에 반대하지 않았다.

결국 그들은 속도를 늦추고 사회곡으로 향했다.

모두들 그 일각의 시간이 자신들의 편이 될 거라 생각하면서.

"저놈들은 뭐지?"

굳은 표정으로 선두를 달리던 은살단 단주 시만상은 숲과 숲 사이의 길 위에 서 있는 자들을 보고 눈을 좁혔다.

십여 명이 한가운데 서서 길을 막고 있었다.

그들에게 다가가자, 십여 명 중 맨 앞에 서 있던 자가 한 손을 척 들고 소리쳤다.

"어이! 지나가려면 통행세를 내라!"

"뭐? 통행세?"

"금자 삼만 삼천 냥을 낸다면 보내주마!"

뭐라? 금자 삼만 삼천 냥?

삼만 냥이면 삼만 냥이지, 삼천 냥은 왜 붙인 거야?

머리를 굴릴 것도 없었다. 더 대화를 나눠봐야 시간만 아까울 뿐.

"저 미친놈들을 치워라!"

사운평은 은명곡 무사들이 달려오는 걸 보며 씩 웃었다.

겨우 그 말에 광분하다니.

정말 삼만 삼천 냥을 현찰로 내놓는다면 고민해볼지도 모르는데 말이야. 천도맹보다 삼천 냥이 더 많잖아?

"자! 다들 내일 똥 쌀 힘까지 모조리 끌어내서 싸워보자고!"

혈섬마신 노극렬은 짜증이 났다.
이런 곳에 산적이라니!
어디서 저런 미친놈들이!
문제는 은명곡의 최정예인 은살단 단원 삼십여 명이 그 산적들에게 쩔쩔매고 있다는 것이다.
"저 멍청한 놈들이……! 따라와라!"
노극렬이 옆을 향해 소리치고 앞으로 나섰다.
은명곡 무사 오십여 명이 그를 따라서 몸을 날렸다. 개중에는 절정고수도 여섯 명이나 되었다.

속전속결!
사운평은 처음부터 칼을 빼 들고 무영천살도를 펼쳤다.
거무스름한 칼이 하늘에 그림을 그렸다. 소리도 없고 그림자도 없는 그림을.
하늘에는 그저 검은 안개만이 뿌옇게 퍼져 나가고, 단말마와 함께 붉은 핏방울이 튀었다.
"아악!"
"컥!"
북야진과 북야설도 자신들의 실력을 마음껏 쏟아 냈다. 우문호와의 일이 해결된 이후 그들은 더 이상 빙백류의 무공을 숨기지 않았다.

그들이 검을 뻗을 때마다 하늘에서 서리가 내렸다. 그들의 검에 당한 자들은 베어진 상처가 하얗게 얼었다.

예리상의 검에서는 간간이 번개가 쳤다.

그는 혈전검을 펼치는 와중에 기회가 오면 뇌정검으로 끝을 냈다.

그동안의 노력 덕에 이제는 뇌정삼검의 일초 정도는 펼쳐도 몸에 무리가 가지 않았다.

위지강은 은명곡의 무공초식을 일절 쓰지 않았다. 얼굴이야 역용을 해서 숨길 수 있다지만 무공초식은 그의 또 다른 얼굴이었다.

심지어 내공도 드러나지 않도록 최대한 조심하면서 간결하고도 효과적인 초식으로 적을 상대했다.

반면 궁탁의 권은 천둥을 일으켰다.

무지막지한 절대 패권!

전보다 훨씬 강맹해진 수라마권은 살과 뼈를 짓뭉갰다.

막귀붕과 낙수교도 몸이 완전치 않은 상태였지만 정말로 열심히 싸웠다.

두 사람은 사운평이 쉬라고 했는데도 자진해서 참가했다.

'동료들을 위해서!'는 개소리고, 오늘 싸움에서 이기기만 하면 금자 만 냥의 빚을 갚을 수 있는 것이다. 그동안 번 돈 중에서 일부도 수중에 챙길 수 있고.

물론 살아남았을 때의 이야기지만.

두 사람은 그 돈을 받아서 멀리 떠날 생각이었다. 사운평이라는 이름이 들리지 않는 곳으로.

그러나 누구보다도 가공할 위세를 떨치고 있는 사람은 호우였다.

"다 덤벼! 모조리 죽여주마!"

천살기를 마음대로 끌어올릴 수 있게 된 그는 한 마리 광룡이었다.

선우명은 눈을 부릅뜨고 전면을 노려보았다. 눈꺼풀이 파르르 떨렸다.

산적이 아니라는 것쯤은 싸움이 시작되는 순간부터 알았다.

나타난 놈들은 눈이 휘둥그레질 정도로 강했다.

아무리 그렇다 해도 순식간에 이십여 명이 쓰러지다니!

"태상호법이 도와주시오!"

"예, 곡주."

담가호는 삼십 년 경쟁 상대인 노극렬을 도와야한다는 게 마음에 안 들었다.

하지만 돌아가는 상황이 심상치 않았다.

이곳에서 막심한 피해를 입는다면 사회곡 진입은 생각도 할 수 없다. 노극렬은 마음에 들지 않지만 일단 방해물을 처리하는 게 먼저다.

"적혈단과 마중단은 나를 따라와!"

그가 호법 셋과 무사 육십여 명을 데리고 전장을 향해 달려갔다.

이제 남은 인원은 백 명이 조금 넘는 정도.

선우명은 알 수 없는 불길함에 온몸이 긴장되었다.

'아무래도 이상해. 저놈들이 누군데……?'

그때였다.

스스스스스스.

좌우에서 세찬바람에 낙엽 쓸리는 소리가 났다.

'응?'

선우명은 눈을 치켜뜨고 고개를 먼저 좌측으로 돌렸다.

숲의 높은 나무 위에서 무기를 든 무사들이 소나기처럼 떨어져 내리고 있었다.

"위쪽을 조심해!"

"적이다!"

"천도맹 놈들이다!"

"관욱이 왔구나!"

누군가가 관욱을 알아보고 놀라서 소리쳤다.

"그대가 은명곡주인가! 나와 한번 붙어보자!"

관욱이 선우명을 향해 커다란 도를 휘두르며 소리쳤다.

천도맹 고수들도 은명곡 무사들 속으로 뛰어들었다.

은명곡 무사들의 모든 신경이 좌측으로 집중되었다. 숫자가 자신들보다 적다는 걸 안 그들은 노성을 내지르며 반격했다.

"몇 놈 안 된다! 놈들을 쳐라!"

"감히 천도맹 따위가 어디서!"

그때였다. 우측의 우거진 숲 속에서 백여 명이 날아들었다. 왕호광과 왕추당을 비롯한 귀혼문 무사들이었다.

까마귀 떼처럼 날아든 귀혼문 무사들은 아무 말도 하지 않고, 심지어 함성도 지르지 않고 철천지원수를 대하듯 살수를 퍼부었다.

싸우는 와중에 등 뒤를 공격받게 된 상황. 당황해서 우왕좌왕하던 은명곡 무사들은 자신의 실력도 제대로 발휘하지 못하고 피를 뿌리며 쓰러졌다.

"안 늦었는지 모르겠군!"

"말할 시간에 한 놈이라도 더 때려눕히쇼!"

사운평이 소리쳤다.

왕호광은 정말 오랜만에 환한 미소를 지으며 몸을 날렸다.

'그래, 이제 질기고 질긴 싸움을 끝낼 때도 되었지.'

사운평은 천도맹에 이어 귀혼문마저 나타나자 마기를 슬쩍 풀어 주었다. 자신의 정신이 흔들리지 않을 정도로.

그 정도만 해도 그의 손에서 펼쳐지는 초식의 위력이 달라졌다.

"자! 이제 본격적으로 시작해 보자고!"

그의 칼이 거무스름한 강기를 발현하며 모든 것을 잘라 버렸다.

상대의 무기도, 몸도.

순식간에 전면에 구멍을 만든 그는 은명곡의 주력이 있는 곳을 향해 신형을 날렸다.

한 줄기 그림자가 쭉 늘어지더니 순식간에 이십 장 거리를 좁혔다.

이를 악물고 적을 몰아치던 위지강이 그를 따라 이동했다.

관욱과 싸우고 있던 선우명은 가공할 도법으로 은명곡 무사들을 도륙하던 사운평이 날아들자 마음이 흔들렸다.

평상시 실력이라면 관욱에게 뒤질 것 없는 그였다. 진신 실력으로만 따지면 오히려 그가 반 수 위였다.

그러나 마음이 흔들린 그는 반수의 우세를 마음대로 활용하지 못했다.

게다가 사운평이 그를 향해 다가오자 뒤로 물러서기 바빴다.

"곡주! 그놈은 우리가 맡겠소이다!"

"새파란 놈이 감히 어디서!"

초로의 호법 둘이 사운평을 막아섰다.

사운평은 절정고수 둘이 앞을 막는 데도 공격을 멈추지 않았다.

오히려 그의 입가에 냉소가 떠올랐다 싶은 순간, 검은 벼락이 허공을 난자했다.

그가 최근에 깨달은 천추구전뢰(千秋九電雷)였다.

쩌저저적!

두 호법의 얼굴이 썩은 감처럼 일그러졌다.

앞에서 싸우는 걸 봤기에 강하다는 걸 모르진 않았다. 아무리 그래도 자신들의 합공을 막을 수 있으리라고는 생각지 않았거늘…….

한순간의 방심은 목숨과 직결되었다.

"맙소사!"

"이, 이런!"

콰과광!

검은 벼락은 두 호법의 첨도와 유엽도를 튕겨 내고는, 실낱같은 빈틈사이를 파고들어서 머리를 쪼개고 허리를 갈라 버렸다.

피하고 자시고 할 시간도 없었다.

"크엑!"

"으아악!"

그 비명에 누구보다 놀란 사람은 선우명이었다.

비명이 두 호법의 것이라는 걸 안 그는 사운평에게서 멀어지기 위해 뒤로 몸을 날렸다.

그때였다.

번쩍!

한 줄기 푸른 섬광이 벼락처럼 그의 옆구리를 향해 뻗어갔다.

기회를 엿보던 위지강이 혼신의 힘이 담긴 일격으로 선우명을 공격한 것이다.

선우명은 황급히 몸을 틀었다. 하지만 섬광이 찰나의 순간만큼 빠르게 그의 옆구리를 꿰뚫으며 살을 찢고 옆으로 빠져나왔다.

겨우 땅에 내려선 선우명의 찢겨진 옆구리에서 시뻘건 피가 뭉클거리며 흘러나왔다.

옆구리를 움켜쥔 손가락 사이로 내장이 보이는 듯했다.

"크윽! 어떤 놈이 감히……!"

『당신은 나를 욕할 자격이 없소, 숙부.』

귀청을 울리는 냉랭한 전음.

그 목소리를 기억 저편에서 떠올린 선우명의 얼굴이 회색으로 일그러졌다.

"너, 너는……?"

『이제 그만 끝내지요. 지옥에 가거든 아버님께 죄를 비시오!』

*   *   *

풍태산에 혈풍이 몰아치던 그날, 동방수는 술잔을 내려놓고 허공을 응시했다.

'지금쯤 지옥이 펼쳐지고 있겠군.'

자신과는 크게 상관없는 일이다. 야망이 없는 건 아니지만, 그보다는 다른 일이 더 중요하다.

이제 그 일 하나만 남았다.

동방수는 술잔을 다시 채웠다. 그러고는 품속에서 작은 함을 꺼내 열었다.

함 속에는 엄지손톱보다 약간 큰 붉은 단환이 들어 있었다.

그는 단환을 입에 넣고 술잔을 단숨에 비웠다. 단환이 술과 함께 목구멍을 타고 내려갔다.

고개를 숙이고 빈 술잔을 바라본 그가 손에 힘을 주었다. 술잔이 가루가 되어서 바닥으로 흘러내렸다.

동방수는 방문을 열고 안으로 들어갔다.

커다란 방 안에는 동방진만 있었다. 휴식을 취하는 시간이었기에 호위무사도 밖으로 나가 있었다.

"무슨 일이냐?"

"아버님께 긴히 드릴 말씀이 있습니다."

동방진은 가까이 다가오는 동방수를 제지하지 않았다.

"말해 봐라."

"혹시 이것을 보신 적 있습니까?"

동방진은 동방수가 내미는 손을 바라보았다. 동방수의 손에는 작은 손수건이 들려 있었다.

수건을 건네받은 그는 자세히 살펴보았다. 수건에는 매우 정교하게 모란이 새겨져 있었다.

"눈에 익은 수건이구나."

그러겠지. 한때 부인이었던 여인이 늘 지니고 다녔던 수건이니까.

"냄새를 맡아보시면 더 확실하게 알 수 있을 겁니다."

동방진은 수건을 코에 가져다 댔다.

하지만 코에서 다섯 치 정도 거리를 두고 멈췄다.

손을 멈춘 그가 눈을 들었다.

"독이라도 묻어 있느냐?"

뜬금없는 말에 동방수는 멈칫했다.

동방진이 다시 냉랭한 목소리로 다그치듯 물었다.

"왜 놀라느냐? 정말 독이 묻어 있느냐?"

"아버님……."

순간, 수건에서 푸른 연기가 피어났다. 동방진이 천화신공으로 수건과 독기를 태워버린 것이다.

동시에 동방수가 손을 내밀었다.

순간 그의 손에서 붉은 광채가 번뜩이는가 싶더니, 붉은 손그림자가 동방진의 가슴을 파고들었다.

거리가 손만 뻗으면 닿을 정도로 가까운데다 너무나 빨라서 천하의 동방진도 피할 수가 없었다.

쾅!

동방진의 몸이 뒤로 주르륵 밀려났다.

이 장이나 물러난 후 겨우 중심을 잡은 그가 인상을 찌푸리며 말했다.

"지옥화(地獄火). 내 아들이 금단의 무공을 익혔을 줄은 몰랐구나."

동방수는 눈을 부릅떴다.

회심의 장력이 동방진의 가슴에 정통으로 꽂혔다. 철판조차 녹여버릴 극양의 지옥화가.

그런데 인상만 찌푸리다니.

"어떻게……?"

동방진이 가슴 옷자락을 젖혔다.

겉옷에는 시커멓게 탄 손바닥 형태의 구멍이 뚫려 있었다. 그런데 가슴속에 든 두툼한 천은 회색으로 변색만 되어 있었다.

도검에도 잘리지 않는다는 천잠의를 몇 겹으로 겹쳐서 만든 방호복을 안에 입고 있었던 것이다.

그러한 방호복을 입고 천화신공을 끌어올렸음에도 적지 않은 충격을 받았으니 지옥화의 무서움에 치가 떨릴 지경이었다.

"하마터면 아들의 손에 죽을 뻔했어. 네가 왜 이러는지 모르겠다만, 지금까지 살아온 세월이 참으로 허망하구나."

"모른다고? 내가 왜 이러는지 모른다고?"

동방수의 눈에서 불길이 활활 타올랐다.

"하긴 어머니가 아버지란 사람에게 죽어가는 모습을 떨면서 지켜보던 일곱 살짜리 꼬마의 마음을 당신이 어떻게 알겠어?"

동방진의 눈매가 잘게 떨렸다.

"설마……?"

"그날 이후 일곱 살짜리 꼬마는 머릿속에서 아버지의 얼굴을 지웠지. 그리고 대신 원수의 얼굴을 새겨 넣었어. 살을 후벼 파듯이!"

동방수가 악을 쓰듯 말하며 한 걸음, 한 걸음 앞으로 나아갔다.

그의 두 손에서는 붉은 불길이 넘실거렸다.

동방진은 그 자리에 박힌 듯 꼼짝도 하지 않고 눈만 부릅떴다.

"맙소사, 네가 그럼 그때 일을……."

그때 방문이 세차게 열렸다.

"동방수! 너의 죄는 모두 밝혀졌다! 너를 돕기로 했던 흑령기주와 두 장로도 잡혔으니, 순순히 무릎을 꿇는다면 죽음만은 면할 수 있을 것이다!"

동방환이 소리치며 안으로 들어왔다. 두 노인이 함께 들어왔는데 동방가의 원로인 동방고종과 동방고경이었다.

"이놈! 네놈이 감히 궁을 배신하다니!"

그러나 동방수는 동방진만 노려보았다.

"그 원수는 어머니를 죽이고 침을 뱉으며 웃었지. 그날 이후 나는 울음이 목구멍을 막아서 열흘 동안 아무 말도 할 수 없었어."

동방진은 부들부들 떨리는 몸을 진정시키기 위해 안간힘을 다했다.

천화의 최강 무공인 천신화를 이루는 과정에서 마기가 침습했다. 그 바람에 정신의 끈이 끊어졌다.

다시 정신을 차렸을 때, 그는 어둠이 내려앉은 뒷마당에 서 있었다. 그리고 처참하게 죽은 둘째 부인이 한쪽에 쓰러져 있었다.

목이 부러지고…… 가슴이 새카맣게 탄 채.

'그랬나? 역시 내가 죽였던 건가?'

자신도 그럴지 모른다 생각했었다. 그럼에도 부정하고 싶었다.

자기기만이라 해도 어쩔 수 없었다.

절대! 절대로 그런 일이 있어서는 안 되는 것이다.

"가라, 수아야."

동방진이 떨리는 목소리로 말했다.

"당신이 죽였어! 내 어머니를!"

동방수가 악을 쓰며 몸을 날렸다. 앞으로 뻗은 그의 두 손에서 붉은 불꽃이 꽃처럼 피어나더니 동방진의 가슴으로 파고들었다.

"수! 네가 감히!"

"이놈!"

"피하십시오, 아버지!"

동방가의 원로와 동방환이 놀라서 소리쳤다.

본 실력만 생각한다면 걱정할 것이 없었다. 문제는 동방진이 피하지 않고 있다는 것이다.

쾅!

또다시 굉음이 터지고, 뒤로 주르륵 밀려난 동방진이 쿵 소리를 내며 벽에 부딪쳤다.

창백한 얼굴, 부들부들 떨리는 몸.

하지만 그는 육체적인 충격보다 정신적인 충격이 훨씬 더 커서 움직일 수가 없었다.

그사이 동방환과 동방가의 원로들이 동방수를 에워쌌다.

"이 죽일 놈! 감히 제 아비를 공격하다니!"

"어서 무릎을 꿇지 못할까!"

"물러서시오. 환아도…… 물러서라!"

동방진이 짓눌린 목소리로 소리쳤다.

동방가의 두 원로와 동방환은 동방진을 바라보았다.

동방진은 그들의 시선을 개의치 않고 동방수에게 말했다.

"변명일지 모르지만…… 당시 마가 침입한 나는 네 어미를 내 손으로 죽인 것도 몰랐다."

그르렁거리는 목소리에서 참담한 심정이 그대로 묻어 나왔다.

"그 어떤 변명을 해도 너는 나를 용서할 수 없겠지. 떠나라. 누구도 너를 막지 않을 거다. 지금 내가 너에게 해 줄 수 있는 것은 그것밖에 없구나."

동방수의 눈에서 쏟아지던 원한의 불길이 흔들렸다.

천하의 누구에게도 굽힐 줄 모르는 동방진이 자신의 공격을 몸으로 받아 낼 줄은 생각도 못 한 것이다.

어쩌면 두 번째 공격에서 다른 곳이 아닌 배를 공격한 것도 그의 마음이 흔들렸기 때문일지 몰랐다.

"그런다고 당신 죄가 덮어지진 않아. 내 어머니의 고통을, 슬픔을 당신은 영원히 모를 거다!"

잇새로 몇 마디 씹어뱉은 동방수는 창문을 향해 몸을 날렸다.

와장창!

창문이 부서지며 동방수가 사라졌다.

동방진이 가늘게 떨리는 손을 들어서 동방환 쪽을 향해 저었다.

그냥 보내주라는 뜻.

충격적인 사실을 들은 동방환은 몸이 굳어서 어차피 동방수를 쫓아갈 수도 없었다.

'그래서 어릴 때 그토록 어두웠던 것이냐?'

동방고종과 동방고경도 동방진과 동방수의 말을 들었기에 착잡한 표정으로 쳐다보기만 했다.

동방진은 허탈한 표정으로 부서진 창문을 바라보고는 그 자리에 주저앉았다.

겉으로 표가 나진 않았지만, 그의 내상은 남들이 아는 것보다 훨씬 심각했다.

"환아. 운기를 할 것인즉, 안으로 아무도 못 들어오게 해라."

*　　*　　*

풍태산 사회곡으로 향하는 길이 혈화로 뒤덮였다.

은명곡 무사 중 살아서 도망친 자들은 칠팔십 명. 죽거나 중상을 입은 자들이 이백에 달했다.

천도맹과 귀혼문의 피해도 적지 않았지만, 은명곡에 비하면 양호한 편이었다. 천해문 사람들은 부상자만 넷 발생했고.

살아남은 자들은 시신과 부상자를 수습했다.

구덩이를 파고 시신을 묻는 동안 저 멀리 계곡 안에서 충천하던 살기도 조금씩 누그러지고 있었다.

"계곡 안으로 들어갈 건가?"

관욱이 사운평에게 물었다. 그의 몸도 온통 피로 절어 있었다.

"안 들어갈 겁니다."

사운평은 생각할 것도 없다는 듯 곧바로 고개를 저었다.

지금껏 질리도록 피를 보았다. 계곡 안은 보나 마나 아비규환의 지옥이 펼쳐져 있을 터. 그 지옥에서 또다시 누군가를 죽이기 위해 몸부림치고 싶지 않았다.

"맹주께선 어떻게 할 생각이십니까?"

"나도 들어갈 마음 없네. 오늘 너무 많이 죽었어."

관욱이 씁쓸한 표정으로 말했다.

천도맹 무사 백여 명 중 이십여 명이 죽었다. 나머지도 부상자가 대부분이고.

그들을 데리고 지옥으로 뛰어든다는 생각만 해도 끔찍했다.

"그럼 정리되는 대로 떠나죠. 근데 어디로 가실 겁니까?"

"일단 장안으로 돌아가서 놈들을 상대할 최선의 방법을 찾아볼 생각이네."

은명곡이 엄청난 피해를 입은 것은 분명했다. 그러나 아직도 무시할 수 없는 힘이 남아 있었다.

"멀리서 찾지 마시고 가까운 곳에서 찾으시죠."

"나도 그러고 싶은데, 대가가 너무 비싸네. 자네와 두 번만 거래하면 맹의 기둥뿌리가 뽑힐 거야."

"물건이든 뭐든 단골에게는 값을 깎아주는 법이죠."

"그래? 그럼 생각해 보지."

씩 웃은 사운평은 왕호광을 바라보았다.

귀혼문도 상당한 피해를 입은 상태였다. 멀쩡한 사람이 오십 명도 안 되었으니까.

"문주께서도 돌아가실 겁니까?"

왕호광은 무겁게 고개를 저었다.

"천화궁주가 개양전을 내주었네. 일단 그곳에 기거하며 상황을 지켜볼 생각이네."

"잘 생각하셨습니다. 자, 대충 정리되었으면 이제 돌아가죠."

*　　　　*　　　　*

사람들은 아비규환의 지옥 속에서 절규하고 악을 쓰며 점점 지쳐갔다.

질펀한 핏물 위에 배가 갈라진 시신, 목이 잘린 시신, 머리가 쪼개진 시신이 즐비했다.

지독한 피비린내에 자신들이 왜 이 지옥에서 싸우고 있는지조차 잊었다. 그저 상대를 죽이는 일이 지상 최대의 과제인 양 무기를 휘두를 뿐.

그들은 이제 승패에 연연하지 않았다.

살아서 이곳을 나가야 한다는 생각뿐. 이 지옥에서 죽고 싶지 않다는 간절함만이 존재할 뿐.

공손무곡도 다르지 않았다.

그는 은천령 장로 둘과 한 시진 가까이 경천동지의 격전을 벌였다.

강호에 거의 알려지지 않은 그들은 개개인이 팔마조차 우습게 아는 전대의 초절정고수였다.

공손무곡이 우세를 점하고 있지만 당장 승부가 갈릴 정도로 큰 차이는 아니었다.

그 사실이 그의 자신감을 짓눌렀다.

'빌어먹을! 이래선 이겨도 남는 게 없어!'

적은 죽음을 두려워하지 않았고, 고통조차 느끼지 못하는 듯했다.

팔다리가 잘려도 달려들고, 배가 갈라져도 악을 쓰며 무기를 휘두르고…… 어떤 놈은 내장이 흘러나오는 데도 눈을 치켜뜨고 칼을 휘둘렀다.

이건 싸움이 아니라 미친 짓이다!

미친 짓의 종말은 공멸뿐!

'이놈들은 이곳에서 우리와 함께 죽을 생각이다. 빌어먹을!'

은천령의 꿍꿍이를 뒤늦게 깨달은 그는 으스러지도록 이를 갈았다.

"산장의 무사들은 모두 이곳을 빠져나가라!"

결국 공손무곡이 악을 쓰듯 소리쳤다.

공력이 실린 그의 목소리가 계곡을 뒤흔들며 메아리쳤다.

기다렸다는 듯 여기저기서 후퇴의 목소리가 터져 나왔다.

"후퇴하라!"

"놈들을 놔두고 물러서!"

천의산장이 후퇴의 조짐을 보이자, 무림맹 사람들도 입구 쪽으로 물러섰다.

도사와 승려조차 핏발선 눈이 공포로 물들어 있었다.

자신들이 진짜 지옥에 서 있는 것 아닐까?

이곳이 지옥이 아니면 어느 곳이 지옥이겠는가.

"아미타불……."

"오, 원시천존이시여……."

영호명도 이를 악다물고 주위를 둘러보았다.

함께 온 정파무사들 중 서 있는 자는 반밖에 되지 않았다.

그 자신도 온몸이 피로 절어 있었고, 사공청우와 호제문은 부상이 심각해서 안색이 회칠을 한 것처럼 창백했다.

게다가 육환은 왼팔이 잘려나갔고, 양씨 형제는 숨이 끊어져서 혈해에 널브러져 있었다.

'그의 말을 들었어야 했나?'

너무 많은 사람이 죽었다.

강호의 정의를 위해서?

그 말이 왜 이리 공허하게 들린단 말인가.

죽어간 사람들은 과연 흔쾌한 마음으로 죽음의 길을 맞이했을까?

아닌 듯하다. 그들의 얼굴에는 죽음에 대한 공포와 살고자하는 절박함만이 가득하다.

사운평의 말을 듣고 차분하게 대응했으면 아직도 살아 있을 사람들이거늘.

설마 자신들이 그따위 놈들에게 당하겠는가? 그런 오만함이 이런 결과를 초래한 것이다.

하지만 이제 와 후회한들 무슨 소용이랴.

"영호 형, 우리도 이곳을 빠져나갑시다."

호제문이 창백한 안색으로 말했다.

영호명은 착잡한 표정으로 고개를 끄덕였다.

"가세. 산 사람이라도 살아야지."

수연평은 피바다 위에서 검으로 땅을 짚고 선 채 적이 물러가는 것을 지켜보았다.

서 있는 것조차 힘들었다. 온몸의 피가 다 빠져나간 느낌. 뼈마디 곳곳이 부러진 듯했다.

땅을 짚고 있는 검이 손끝의 떨림으로 인해 사시나무처럼 떨렸다.

'어디서부터 잘못 되었지?'

소기의 목적은 달성했다. 그러나 만족할 수 있는 결과는 아니었다.

— 종착지는 공멸. 운이 좋을 경우 령의 주요 고수 중 일부는 살지 도 모른다.

그렇게 계산했다.

결과는?

령의 주요 고수 중 많은 숫자가 살아남았다. 자신도 살았고.

그러나 적 역시 예상했던 것보다 더 많은 사람들이 살아서 도주했 다.

결국 공멸을 위한 건곤일척의 계획은 절반만 성공한 것이다.

'너무 성급했나?'

몇 달만 더 참고 기다렸다가 계획을 실행했으면 성공확률이 훨씬 더 높아졌을 텐데.

물론 성과가 없는 것은 아니었다. 가장 우려했던 천의산장과 무림 맹에 지대한 타격을 입혔으니까.

오늘의 피해를 완전히 복구하려면 적어도 오 년은 지나야 하리라.

상관종산이 죽은 신궁은 이제 회복 불능의 상태고.

하지만 절반의 성공은 실패나 다름없다.

수연평은 고개를 들어 하늘을 올려다보았다. 회색빛 구름이 빠르게 흐르고 있었다.

'하늘이 더 많은 피를 원하나 보군.'

"훅, 훅, 훅, 훅."

운양은 거친 숨을 내뱉었다.

핏빛으로 물든 눈은 광기로 번들거렸고, 두 손은 핏덩이가 달라붙어서 끈적끈적했다.

와중에도 그는 자신의 내부에서 들끓고 있는 기운을 잠재우기 위해 필사적으로 노력했다.

기운을 다 소모하면 그다음에는 죽는 수밖에 없다.

최악의 경우 도주할 수 있는 마지막 힘만큼은 남겨두어야 한다.

그는 입술을 구멍이 날 정도로 질끈 깨물었다.

아찔한 통증에 머리끝이 쭈뼛 섰다. 순간적으로 머릿속이 맑아졌다.

그는 사력을 다해서 자신의 의지를 지켰다.

'이렇게 개죽음 당할 순 없어!'

다행히 적이 물러가는 듯했다.

조금만 더 버티면 살아남을 수 있으리라!

'나를 미끼로 던지다니. 오늘 일을 절대 잊지 않을 거요, 두 분 사형!'

＊　　　＊　　　＊

사운평은 태을장으로 돌아가던 중 사회곡에 대한 소식을 들을 수 있었다.

객잔에서 쉬고 있는데 오령문의 정보원이 달려와서 소식을 전했다.

"사회곡 안에서 칠백 명 넘게 죽었다고 합니다."

죽은 자 모두 단순한 일반무사가 아니다.

각 문파의 정예무사들, 일류고수 이상인 자들이다. 개중 절정고수가 수십 명이고, 초절정고수도 대여섯 명이나 된다.

절대 지경에 들어선 상관종산과 팔마 중 하나인 마령신마도 죽었다.

거기다 칠성장에서 벌어진 싸움으로 죽은 인원과 은명곡을 공격하며 죽은 인원을 합하면 일천 명이 넘는 무사가 죽은 셈이다.

"많이도 죽었군."

대문파 서너 곳 정도가 일시에 멸망한 것과 비슷한 상황.

그들의 죽음은 강호의 판도를 뒤흔들고도 남았다.

"영호 노선배 일행에 대해서는 아는 것 없어요?"

"낙일검제와 검성, 창천신도는 부상을 입긴 했어도 무사합니다만, 나머지는 절반 정도만 살아남은 것으로 보입니다."

"그러게 서둘지 말라니까……."

"대형, 며칠 지나면 강호가 난리 나겠는데요?"

조연홍이 휘휘 고개를 저었다.

"구경만 하던 자들은 쾌재를 부르겠지."

사운평이 말하며 차가운 눈빛을 번뜩였다.

어느 한쪽의 세력이 약화되면 그들의 자리를 욕심내는 자들이 또 생기는 법.

강호는 더욱 혼란에 빠져들 수밖에 없다.

청부업자에게는 더 많은 일이 생길 것이고.

"가서 소청 노선배에게 말하쇼. 천의산장과 무림맹의 동태를 잘 살펴보라고 말이오."

"예, 공자."

"은천령은 그 정도로 만족하지 못하고 또다시 그들을 공격할 가능성이 높소. 잘 지켜보고 있으면 은천령의 꼬리를 잡을 수 있을 거요."

*   *   *

사회곡 소식은 태을장에도 전해졌다.

아침 일찍 전해진 피비린내 나는 소식에 장원 분위기가 무겁게 가라앉았다.

그날 오후.

이연연은 자신의 방에서 취우선생과 마주앉아 있었다.

"허허허, 어린 너의 학문이 이토록 대단하다니, 정말 놀라운 일이구나."

취우선생이 이연연을 바라보며 보기 좋은 웃음을 지었다.

이연연의 학문은 그가 생각했던 것보다 더 대단했다. 심지어 강호에 정통한 사람이 많지 않은 기문진에 대한 지식도 상당했고, 범어에 관한 것은 천하에서 손꼽을 정도였다.

"아직 멀었어요. 그저 겉만 살짝 배운 정도인데요 뭐."

"겸손해하지 않아도 된다. 기문진이나 범어를 너만큼 아는 사람이 세상에 몇이나 되겠느냐?"

"세상에는 기인이사가 장강의 모래알만큼이나 많다고 하잖아요. 저보다 훨씬 나은 실력을 지닌 분도 많을 거예요."

"그런데 왜 내 눈에는 그런 사람이 안 보이지? 허허허. 그건 그렇고, 이 늙은이와 함께 밖으로 바람이나 쐬러 나가지 않겠느냐?"

"밖예요?"

"들판에 봄꽃들이 기지개를 펴기 시작했다. 성질 급한 꽃들은 벌써 피었더구나."

"정말요? 그럼 나가요, 할아버지. 몸이 다 낫진 않았지만, 걷는 것 정도는 괜찮아요."

이연연이 활짝 웃으며 말했다. 그 모습이 마치 푸른 옷을 벗고 머리를 내미는 봄꽃처럼 아름다웠다.

"그래, 가자."

취우선생도 하얀 미소를 지으며 일어났다.

수염 사이로 드러난 치아가 유난히 하얗게 빛났다. 귀여운 손녀를 바라보는 시골노인의 미소처럼 푸근한 웃음.

그러나 눈빛에선 온기 한 점 느껴지지 않았다.

*　　　*　　　*

풍태산을 출발한지 이틀 후.

태을장에 도착한 사운평은 충격적인 소식을 듣고 얼굴이 일그러졌다.

"지금 뭐라고 했습니까? 연연이가 없어졌다고요?"

"할 말이 없네."

언송초가 해쓱해진 표정으로 고개를 푹 숙였다.

그답지 않은 행동이었다. 아무리 이연연이 납치되었다고 해도 마치 자신의 죄처럼 행동할 그가 아닌 것이다.

하지만 이번만큼은 예외였다.

"어제 오후쯤 취우선생과 놀러나간 후 돌아오지 않았단 말이죠?"

끄덕 끄덕.

언송초가 힘없이 고개를 끄덕거렸다.

친구인 취우선생이 데리고 나갔으니 일부는 자신의 책임처럼 느껴진 것이다.

몸이 안 좋았지만 잠깐 바람 쐬는 것 정도는 무리가 없을 듯해서 고한사도 말리지 않았다고 한다.

언송초가 사운평의 눈치를 보며 말했다.

"밤이 되어 가는 데도 안 돌아와서 찾으러 나갔네. 하지만 근처를 다 뒤져도 찾을 수 없었네."

"미치겠네. 도대체 아픈 연연이를 왜 데리고 나간 거죠?"

"나도 그게 의문이네. 평상시 술은 좋아해도 놀러 다니는 것은 좋아하지 않는 친군데."

"놀러 다니는 것을 좋아하지도 않는 분이 여기까지 왜 옵니까?"

"사실 처음에는 그것도 의아했지."

"좌우간, 하루가 지나도 돌아오지 않는다는 건 길을 잃었기 때문이 아닐 겁니다."

"혹시 은천령 놈들에게 잡힌 것 아닐까?"

"그럴 가능성도 배제할 순 없죠."

사운평은 시간이 갈수록 초조해짐과 동시에 분노가 끓어올랐다.

사실이라면 절대 용서치 않으리라! 철저히 씨를 말려버리리라!

그때 갈원이 고개를 갸웃거리며 말했다.

"언 선배, 솔직히 저는 취우선생이 수상합니다."

"무슨 소린가? 그 친구가 수상하다니?"

〈다음 권에 계속〉